GW00727887

Primera edición: septiembre de 2021

Código ISBN: 978-84-123328-8-9
Código ISBN digital: 978-84-123328-9-6
Depósito legal: B-7987-2021
Ilustración portada: Celia Valero
Corrección: Teresa Ponce
Maquetación: Cristina Lamata
Edición a cargo de Mª Isabel Montes Ramírez

www.angelsfortuneditions.com

LA VERDAD OCULTA DE CORDELIA DE MIÑARES

Ada de Goln

Dedico este libro a mis padres, tesoros de mi vida, por apoyarme en todo lo que hago y alentarme a seguir luchando. Ellos conocen esta historia con mucha exactitud, yo misma les leía los capítulos conforme los iba desarrollando en mi etapa adolescente. Para ellos es esta historia.

Y no puedo olvidarme de Isabel Montes, mi querida editora, quien apostó por mí desde el primer momento y me ayudó a desempolvar esta novela con tanto cariño y tesón. Con ella cumplo mis sueños.

PRÓLOGO

Al pasar la barca
me dijo el barquero,
Las niñas bonitas no pagan dinero.
Yo no soy bonita...
la-la-la-la-la...

Me veo entonando esa canción con el ir y venir de la comba, o jugando con Cordelia en el salón de los trofeos, dando saltitos por las baldosas del suelo.

Si cierro los ojos, vuelvo a vivir las tardes de lluvia bordando junto a nuestra madre, dejándonos la vista en los malditos puntos de cruz, y en la penumbra del salón del hogar soy capaz de ver cómo mi hermana y yo procuramos disimular un evidente aburrimiento. Nos ponemos a cantar, pero Elena de Miñares nos hace callar. Tengo buena memoria, y la facultad de revivir el pasado. Es como magia, nunca lo he sabido entender.

Sé también muchos cuentos, miles de historias que a lo largo de mi vida he aprendido de mis padres, mis hermanos, o de Basilisa, la cocinera, que entre guiso y guiso me sentaba en su regazo y me explicaba cosas de cuando era niña. Pero hay una historia, una en concreto, que me tiene retenida el alma. Si la recuerdo me altero, pero es tan imposible olvidarla como imposible es volver a ser niña. Sin embargo, si traigo a la memoria ese recuerdo, lo de ser niña se hace posible otra vez. Y vuelvo a serlo.

CAPÍTULO 1

Hubo una vez una niña reina. Vivía en una casa enorme rodeada por cuatro jardines: los del norte, sur, este y oeste. Una noche, la niña reina soñó que en los jardines del sur brotaba de la tierra un hermoso pozo. En sueños abrió la puerta de su habitación y bajó las escaleras hasta llegar a la puerta principal, desde donde una voz espectral clamaba su nombre. La niña reina salió a los jardines y se postró ante el pozo, impresionada ante la majestuosidad del monumento y asustada por las voces que en realidad provenían de las profundidades del mismo. La voz la invitaba a asomarse a sus adentros, pero un miedo aterrador le impedía dar un paso adelante. Así que, como solo puede ocurrir en las pesadillas, la niña reina se acercó sin voluntad al pozo, subió al escaloncito que se alzaba desde el suelo y miró en su interior. El mismo grito que dio en el momento de asomarse al pozo fue el mismo que la despertó encharcada en sudor en su cama. Cuando abrió los ojos se encontró rodeada de sus padres, su hermana mediana y yo, Goyo, el mayordomo, que aseguré que aquella noche la niña se levantó en sueños y la tuve que subir en brazos desde el primer escalón. La pequeña Dama, que entonces solo era un cachorrito de *setterland* irlandés, miró a la niña un poco extrañada desde lo alto de la cama y se acercó a ella para lamerle las manos, posiblemente teniendo conciencia de que el primer cambio de su pequeña ama comenzaba a tomar forma. La niña reina supo que algo no iba bien en cuanto las miradas de los suyos se fijaron en sus cabellos, pero no conoció la verdad hasta que se levantó y se postró ante el espejo de cuerpo entero que tenía junto a la cómoda: un mechón de su larga cabellera pelirroja había adquirido el color blanco de la vejez más avanzada, y no sabía por qué. En realidad nadie supo por qué de la noche a la mañana a la niña le ocurrió aquel extraño fenómeno, pero también dicen que el miedo y el sufrimiento vuelven el pelo blanco a quienes los padecen.

Sin embargo, no fue una, ni dos, ni tres las veces que la niña reina soñó con el pozo: siete fueron las ocasiones en las que aquella niña despertó a su familia sobresaltada por el mismo sueño. Siete sueños con voces susurrantes clamando su nombre, pero gracias al cielo no hubo más mechones blancos ni más pánico incontrolado. No obstante, tanto se acostumbró la niña a la presencia del pozo que el primer día que dejó de soñar con él lloró de pena y melancolía, y, naturalmente, como muy bien aseguraron sus padres, la niña perdió el juicio.

—¡Quiero un pozo! —exigió la niña a sus padres una mañana—. Quiero un pozo en los jardines del este. Traedme un papel y lápices de colores. Os dibujaré lo que deseo que me construyáis.

Los padres se echaron las manos a la cabeza ante tal disparate, pero por aquel entonces aquella pequeña era el centro de atención de la familia —lo de niña reina no lo digo por decir— y cada excentricidad que se le ocurría acababa siendo concedida. Aunque la primera respuesta solía ser un no rotundo, las pataletas consiguientes eran tales que evidentemente lograba sus propósitos. Así que, poco tiempo después, la niña reina tuvo el pozo de sus sueños erguido en los jardines del este, y desde la ventana de su habitación lo podía ver cada vez que quisiera. Ni siquiera ella misma sabía la razón por la que ansiaba tanto construir aquel pozo frente a su ventana, ni tampoco fue capaz jamás de recordar qué es lo que vio en el interior del pozo de sus sueños para que un mechón de su cabello se tornara del color de la nieve. Sin embargo, nada ya le importaba, y bien cierto es que a partir de aquel día su vida fue convirtiéndose en un ramal de decepciones e inquietudes, y la niña reina fue destronándose poco a poco sin que los demás tuvieran mucha percepción de ello.

Este es, pues, el comienzo de esta historia.

CAPÍTULO 2

Ahora mi mirada atraviesa los cristales de mi ventana y la barrera del tiempo. Los secretos de mi hermana me ayudan a recomponer todo lo que aconteció. Vuelvo a tener once años; llevo el cabello recogido en dos horribles trenzas y Dama pega saltitos alrededor de mis pies. Está lloviendo a mares ahí fuera, pero aun con el manto de lluvia se puede distinguir un hermoso monumento de piedra, el pozo, con su arco de bronce artesonado y su cubo de latón colgando de la cuerda de la polea. Unos terribles retortijones en el vientre me están matando, pero estas son las consecuencias que he de pagar por comer doble ración de frambuesas. Ese ha sido el diagnóstico del doctor Rosales, quien ahora toma el té junto a mi madre en el salón del hogar. Imagino que estarán hablando de mi estómago y de mi mechón, sus temas favoritos, y de Cordelia, por supuesto.

Tengo los pies helados, pero aguanto con risas viendo a Martín, el jardinero, que se ha calado hasta los huesos. Lo veo mojarse desde mi ventana, recogiendo con prisas sus herramientas y corriendo a grandes zancadas bajo el frío chaparrón de octubre, y tales maldiciones salen por su boca que ni los truenos ni el sonido de la lluvia son capaces de ahogar sus gritos. A Cordelia, sin embargo, la he oído llegar hace unos minutos. De no haberse dado prisa en regresar, también se hubiera empapado, porque al percibir los estruendosos y engarrotados truenos, y ver aproximarse allá a lo lejos una especie de amoratados almohadones en el cielo, ha abandonado a Martín para cobijarse bajo el techo de la gran morada, donde sabía estaría segura. Esto lo sé porque he podido leer sus diarios, donde lo cuenta todo tan explícitamente que es como si lo viviera en primera persona.

Por eso sé que en el vestíbulo mi hermana ya respira tranquila. Está apoyada en la pared con las manos sobre su pecho y tiene el semblante perdido en un sueño feliz. Ha sido rápida, ha burlado a la lluvia y ha tenido suerte de encontrar la puerta principal casi abierta. La ha cerrado tan delicadamente que el sonido de la cerradura no ha resultado sino mudo. Sin embargo, en la gran casa existe un guardián que lo oye y lo ve todo, un águila avizor que abre sus alas emprendiendo el vuelo día y noche defendiéndonos de intrusos, y desde la biblioteca, donde desempolva los libros de nuestro padre, nuestro fiel mayordomo, el estirado y bien amado Goyo, ha advertido muy pronto que la niña Cordelia regresaba atravesando a la carrera la incipiente lluvia. No ha tardado Cordelia en hacer desaparecer su gesto ensimismado, pues enseguida ha percibido sus pasos por el corredor y su figura aparecer desde la penumbra. Le ha cambiado el semblante, y pronto se ha devuelto a sí misma la compostura y puesto en orden las arrugas del vestido. Cordelia no es amiga de Goyo, pero yo sí lo soy.

—¿Se ha mojado, niña Cordelia? —le pregunta Goyo con su voz extrañamente suave para su condición de ave rapaz.

—Diría que es evidente que no —la oigo contestar altiva, como siempre con Goyo—. Subo a mi habitación. Voy a descansar un poco.

—Su madre le espera en el salón del hogar hace rato —le interrumpe viéndola marchar decidida hacia la escalinata de mármol—. Está preocupada. El doctor Rosales toma el té junto a ella.

Ay, Cordelia. El doctor Rosales toma el té junto a mamá en el salón del hogar. Ha acudido rápido a verme, como siempre, en cuanto nuestra querida madre le ha avisado de mis retortijones. Y a verte a ti, es obvio. No te esperabas esta sorpresa, ¿verdad? Por eso te has puesto tan nerviosa y a estas alturas quisieras estrangular a Goyo y a mamá. Lo sé. Cuánto haces sufrir a nuestra pobre madre, ella que quiere tanto al doctor y que sueña con vuestro compromiso incansablemente. Pero no se lo pones muy fácil, y no lo entiendo. El doctor es tan buen mozo...

—¡Cordelia! —se oye exclamar desde el otro lado de la puerta un poco abierta del salón, donde mamá y el doctor esperan—. ¡Cordelia, hija! ¿Eres tú?

Goyo da media vuelta y se va por el corredor de la biblioteca, confundiéndose de nuevo con la penumbra producida por la falta de luz, y por el camino se le oye decir: «Vaya, niña Cordelia. Vaya a reunirse con su madre y el doctor». Cordelia lo ve desaparecer en la oscuridad poco a poco. Goyo es alto, apuesto, y camina estirado como si se hubiera tragado un paraguas. Ronda los sesenta años, pero aún está de muy buen ver. Lleva una década sirviendo a mis padres, y yo lo quiero tanto que a veces pienso que es un tío lejano que ha llegado a casa para cuidar de nosotros y quedarse para siempre.

—¡Cordelia! ¡Cordelia! —sigue insistiendo nuestra madre.

Con ánimo resignado, mi hermana respira profundamente, abre del todo la puerta del salón del hogar y entra tratando de mostrar la mejor de sus sonrisas, aunque en realidad lo único que le sale es una mueca casi grotesca. Me imagino a mamá de pie junto a la ventana, mirando para ella, y con el ceño fruncido. Al doctor Rosales, en cambio, lo imagino tomando una taza de té sentado en un silloncito junto al hogar.

—¡Cordelia, hija mía! ¿Se puede saber dónde te metes? ¡Con esta lluvia...! ¿Quieres coger una pulmonía? —dice nuestra madre acercándose al hogar encendido—. Anda, tómate una taza de té caliente.

Mamá mira a Cordelia con resignación e impotencia mientras le ofrece su té. Se ha dado cuenta de que su mueca no es sino forzada, que en realidad no sonríe, más bien se le ha quedado el semblante de quien come limones. La ve sentarse en el pequeño sofá, que forma un triángulo abierto con los únicos dos sillones que hay en el salón, uno vacío y otro con el doctor Rosales sentado en él. Cordelia se arregla el vestido, se retoca el cabello, y cruza sus manos delicadamente sobre su regazo, mientras distraída desvía su mirada hacia el fuego de la chimenea. En cambio, el doctor sonríe viéndola tan inquieta. Es capaz de oír el latido potente de su corazón a través de su vestido azul celeste. No sabe de dónde viene, pero imagina que ha sido sorprendida por la lluvia y que la carrera la ha dejado exhausta, pues respira agitadamente. El doctor Rosales es amigo de Víctor, nuestro hermano mayor, y a buen seguro sé que ama a mi hermana sobre todas las cosas. No se lo ha dicho a nadie, pero esas cosas se saben. Hasta una niña de once años sabe esas cosas.

—Buenas tardes, Cordelia —se atreve por fin a decir el doctor—. Qué suerte no haberte mojado. Hace una tarde de perros...

—Sí, llueve bastante —responde Cordelia mientras sujeta la taza de té caliente que le acaba de dar nuestra madre. Contesta sin mirarle a la cara, se muestra altiva todo el rato, pero el corazón le late tan fuerte que le duele en el interior de su pecho. No puede evitar un guiño de dolor.

—¿Dónde has estado? —pregunta nuestra madre Elena observando su mueca y el tintineo de la taza rozando el plato—. Tu hermana ha preguntado toda la tarde por ti.

—He salido a pasear, mamá.

Y sorbe un traguito de té al mismo tiempo que el doctor la mira embelesado, pendiente del temblor evidente de su mano y del contenido de la taza, no vaya a caérsele sobre el vestido.

Cordelia está tan linda, tan virginal y cándida, que a Ernesto Rosales le tiembla el pulso. Desde mi habitación la imagino fijando su mirada en cualquier lugar, teniendo la capacidad de viajar a otro mundo sin ni siquiera pestañear. Está ausente, no es consciente de que Ernesto la mira. En cambio, él ha fijado sus ojos en su boca, esos labios rojos gruesos por naturaleza y por herencia de nuestro padre, suculentos e inflamados por la tibieza del líquido de la taza, que tanto desearía besar.

Mi madre es la única que alterna su vista entre uno y otro. Si pensara en voz alta se la escucharía llamarles a los dos majaderos y estúpidos, pues ansía con impaciencia que esas dos almas se unan por fin, que pierdan sus remilgos y, si es preciso, se besen ardientemente ante ella, pero sabe que su hija es un espíritu sin remedio que sueña despierta a todas horas del día, quizá esperando un príncipe azul, y que él, muy a su pesar, es tan correcto y retraído que se caería de culo si Cordelia le sonriera una sola vez.

Ah, mamá, mi queridísima madre Elena, tan hermosa, tan esbelta y con su peculiar olor a jabón de rosas. Liberal, demasiado apasionada para su época, y rara y anómala para todos aquellos que la conocen poco. Pinta lienzos familiares desde que tengo razón, y nos tiene esculpidos a todos a lo largo del pasillo de la última planta. Nos hace posar junto a ella hasta que rendidos nos desplomamos en el suelo y le pedimos con clemencia un momento de descanso. Para pintarse a sí misma se mira a un espejo, pero nunca hace honor a su extremada belleza, ni siquiera con los retoques que entre todos le asesoramos. Nuestra madre es mágica, sublime, encantadora, pero su carácter nos pone a todos sobre aviso si se enfada; no le cuesta estar de mal humor. Cordelia ha heredado su hermosa piel, su perfecto talle, su nariz pequeña, su lunar sobre su pecho izquierdo, su elegancia indiscutible y su magia. Yo, sin embargo, solo puedo alardear de tener su color espléndido de cabello, igual que el de las cerezas, y el de sus magníficos ojos verdes. También he heredado su fuerte carácter y su pesimismo. Siempre hay quien tiene que perder, y en este caso me ha tocado a mí.

Sigue lloviendo. Mi pozo se ha vuelto invisible bajo tal chaparrón. Damita se revuelve entre mis pies y yo decido regresar a mi cama; no estoy bien. Mi colección de cuentos se ve desparramada en lo alto de las mantas, y me encuentro tan mal que he de sacar el orinal de debajo de la cama para vomitar. Damita se retira al oírme las arcadas y se queda quieta a unos metros, con las orejas de punta, y mis arcadas resultan tan estridentes que Belinda acude enseguida a verme. Belinda es una de nuestras dos criadas, la más joven de las dos hijas de Basilisa y Nicolás, que también trabajan para nosotros. Es fea y desgarbada, pero la quiero muchísimo, quizá porque ella es el espejo que me indica cómo seré yo cuando sea mayor.

—Elvirita, niña, ¿otra vez vomitando? Llamaré ahora mismo al doctor —me dice preocupada, sujetando mi cabeza como una madre.

—¡No, Belinda, al doctor no! —logro decir.

Y en verdad lo digo porque estoy harta de que Ernesto Rosales me vea siempre como una niña enferma. Belinda me dice que soy hermosa por fuera y por dentro, y que con el tiempo conseguiré acrecentar mi belleza, que eso se consigue con los años y que los hombres son los primeros que lo notan, pero una vez me enseñó una fotografía de cuando era niña y su gracia poco ha cambiado desde entonces. Me gustaría creerla, pero ella no es buen ejemplo.

—Belinda, siento como si se me retorcieran las tripas. No debí comer tantas frambuesas, ¿verdad?

—Sin duda, niña —me responde ayudándome a reposar la cabeza en la almohada y sujetando con la otra mano el orinal y sus fluidos espesos y asquerosamente rojizos—. Debería descansar un poco, y no se le ocurra levantarse. Hoy es día para quedarse en la cama.

—No me levantaré. Trataré de dormirme, lo prometo.

—Hágame caso, niña, por menos de un atracón de frambuesas las niñas se mueren. No me obligue a avisar al doctor.

Belinda me sonríe y me besa la frente. Me dice que sueñe con los angelitos, como si yo fuera una niña de teta, y se va con su desgarbeo y mi orinal bien sujeto con las dos manos. Dama ha vuelto a mi lado y apoya su cabeza peluda sobre mi regazo. Parece que amaina la tormenta.

Abajo mamá, el doctor y Cordelia son víctimas de un silencio forzado, incómodo. Toman el té mudos, los tres sentados, cada cual tiene sus pensamientos en un escenario diferente, pero ya es hora de regresar al mundo terrenal.

—¿Más té, Ernesto? —pregunta mamá rompiendo el silencio sepulcral.

—No, gracias, Elena.

—¿Más té, hija? —pregunta ahora a Cordelia.

Pero mi hermana tiene la vista perdida en los cristales humedecidos y de repente se ha quedado tonta al recordar su primer beso. No contesta, no reacciona, pues ese beso ha sido esta misma tarde, antes de la tormenta. Está muy reciente.

Los he visto besarse muy cerca de mi pozo. Poco discretos, eso sí. Conozco muy bien lo que hay entre ellos dos, y Cordelia ni siquiera lo sospecha. Qué tonta es. Hace tiempo que capté sus miradas, las sonrisas coquetas y castas al mismo tiempo. Él se fija en su busto recién estrenado, y ella anda perdida imaginando que va de su mano. Martín es buen jardinero, pero solo cuando Cordelia está lejos. Tiene veinte años y los instintos a flor de piel. Mi hermana solo dieciséis y más inocencia y menos picardía que una mosca.

Lo siento, Cordelia, pero he descubierto tu diario y doy fe de que efectivamente esto es lo que te pasa. Los celos de hermana pequeña han podido conmigo y me apetecía fastidiarte hurgando en tu intimidad. Lo he conseguido, a pesar de que ahora me siento un poco mal. No ha sido difícil entrar en tu alcoba y robarte tu tesoro más preciado, porque cuando juegas al naipe con papá no vives para otra cosa. Te olvidas de que existo, nunca juegas conmigo y te recluyes en la sala de los trofeos de caza muy pegadita a nuestro padre, que, dicho sea, poco para en casa a causa de sus viajes. Le absorbes su tiempo como una sanguijuela, y a mí apenas sí me dejas un rato a solas con él.

La tarde que cogí el diario leí varias páginas seguidas escondida bajo la cama de mi hermana, pero olvidé ajustar la puerta. Cegada por el contenido de aquellas hojas cargadas de románticas y cursilonas frases, oí los pasitos de Dama atravesar la habitación, que guiada por su olfato se metió junto a mí bajo la cama. No hubiera tenido que preocuparme por nada si mi perrita no hubiese agarrado el diario entre sus dientes y hubiera escapado escaleras abajo con él, pero Dama quería jugar. «¡Dama, suéltalo! ¡Suéltalo te digo!», mas no lo soltó. Sabía que lo que llevaba entre los dientes era tan importante para mí como para ella las sobras de los domingos. «Te estrujaré el cuello si me sorprenden con el diario por tu culpa, Dama tonta», la amenacé desde la mitad de la escalinata de mármol que llevaba al vestíbulo. Pero entonces salió Goyo de las cocinas, serio y tranquilo como siempre, y sin ningún esfuerzo agarró el diario de entre las mandíbulas de Dama y simplemente me lo ofreció desde abajo. «¿Es tuyo esto, Elvirita?», me dijo, y yo bajé las escaleras de dos en dos hasta hacerme con él. «Gracias, Goyo». Cuando devolví el diario a su lugar y me encontré de nuevo sola, descubrí que me temblaban las piernas.

Ahora es Cordelia la que tiembla al recordar su primer beso de amor. Se ha quedado como tonta mirando para la ventana, viendo caer los goterones en los cristales y escuchando los truenos. El doctor Rosales la sigue mirando embelesado y de vez en cuando se le escapa una sonrisita nerviosa. Mamá está tan furiosa viéndolos inmersos en dos mundos tan diferentes que bien se levantaría y los abofetearía sin remisión. «Qué buen mozo es, y qué tonto que no la corteja. Míralo, se le cae la baba mirando para ella y sin embargo no tiene el empuje para decirle que la quiere –piensa, y no le faltan ganas para decirlo en voz alta–. Tonta, tonta. Belleza no te falta, hija, pero sí viveza. O te haces la tonta, que te lo haces muy bien, o realmente eres boba».

Ernesto Rosales tiene porte germánico, aunque es moreno de ojos verdosos. Su abuelo era alemán y, según me contó una vez, el viejo medía cerca de los dos metros. Él ha heredado sin duda alguna el porte de su abuelo, aunque no sobrepasa el metro ochenta. Su rostro refinado y sus delicadas manos de médico provocan en mí como un encantamiento extraño, aunque no significan nada para Cordelia; yo así lo prefiero. A mí me gusta que sea mi médico, pero por el tiempo del mechón me miraba como a un lagarto sin ojos, perplejo ante mi cabello blanco. Recuerdo sus llegadas montado en su Ford T. Entonces estudiaba medicina y acudía a nuestra casa como amigo de

Víctor. «Cuéntame ese sueño», me decía, y yo me iba corriendo con mis muñecas de porcelana a sentarme junto a mi pozo y a aislarme del mundo. Nunca me ha gustado sentirme como un mono de feria, aunque ahora sé que insistía tanto porque quería ayudarme.

La mañana que me enamoré de Ernesto escuché un coche a lo lejos, pero no era el ruido de su motor. Su Ford T le había dejado tirado en medio del camino y lo traía un señor desconocido que muy amablemente lo había acompañado a nuestra casa. Lo vi despedir a aquel hombre desde el porche, donde yo jugaba con mis muñecas, sola y aburrida, pues papá había regresado de un viaje a Argentina por asunto de los vinos y Cordelia se las había arreglado para secuestrarle, como siempre hacía, en el salón de sus trofeos. Lo vi hablar con Nicolás, uno de nuestros criados, y enseguida apareció Guillermo, el chófer de papá, quien muy pronto salió al trote hacia las cocheras para ir en busca del Ford T estropeado. Controlado el percance, pues, Ernesto me vio y se acercó al porche.

—¡Hola, Elvirita, guapa! —me dijo—. Vengo a verte, ¿ya estás mejor?

«¿Ya estás mejor?». Naturalmente con esa pregunta se ahorró la que en verdad me quería hacer, que no era otra que «¿Me vas a contar tu sueño?», pero yo no quería hablar del mechón. No hubiera tenido que explicar lo que tanto odiaba contar si Ernesto no se hubiera sentado junto a mí, pero estaba escrito que aquel día yo le iba a confesar muchas cosas, y cierto es que, gracias a mi confesión, aquel día yo empecé a crecer un poquito más.

—¿Qué quieres? ¡Va! ¿Qué quieres? —le pregunté.

Se rio porque escuché una especie de resoplido, como cuando vas a carcajear y la risa se te corta de golpe. Luego sentí su dulce aliento en el lado derecho de la cara y me dijo:

—Elvirita, recuerda que voy a ser tu médico.

—Deja de mirarme como a un bicho raro. ¡Solo soy una niña! —grité.

Y me puse a llorar tan fuerte que hasta mamá, que estaba dentro de la gran casa, abrió una de las ventanas por ver qué me pasaba. Naturalmente volvió a cerrarla tranquila cuando vio que Ernesto Rosales estaba conmigo. Ya entonces mamá lo adoraba por encima de todas las cosas; ya entonces lo veía como el hijo político que iba a tener años más tarde.

—No llores, Elvirita —trataba de consolarme Ernesto—. Claro que eres una niña, ¿qué hablas de bichos raros? Perdona si soy pesado con tu mechón, a los médicos nos pasa eso cuando nos preocupamos por saber. Va, niña linda, seguro que no te has parado a pensar en lo hermosa que serás cuando crezcas y recojas tus cabellos entre horquillas de perlas. Más que las perlas, la gente admirará tu maravilloso mechón, tenlo presente.

—¡Eso es mentira! —repliqué—. Seré fea y desgarbada, tendré mal color de cara y los *raparigos* huirán de mi porque tengo un mechón blanco.

—Oh, vamos, Elvirita. ¿Desde cuándo predices el futuro? —Se rio—. No hables más de la cuenta, anda. También Cordelia era menos bonita hace cinco años, en cambio fíjate en su belleza de ahora. A ti te pasará lo mismo, créeme.

—¿De verdad?

—De verdad.

CAPÍTULO 3

Aquella fue la mañana en que me enamoré de Ernesto, la misma mañana en que le expliqué, detalle a detalle, la razón de mi sueño. Aquella fue también la mañana en que quise de repente ser muy mayor y muy bonita, mucho más hermosa que mi hermana Cordelia. Necesitaba burlar al tiempo y madurar para que mi hermana no me aventajase en belleza ni inteligencia, porque ella ya hacía unos meses que había empezado a crecer y los hijos de las señoras amigas de mamá ya comenzaban a fijarse en ella. El imán lo tuvo ya desde entonces, desde que el cuerpo le empezara a contornear y los ángulos de su cara comenzasen a dibujarse como los nervios de una hoja. Necesitaba verme bonita para que Ernesto no se fijase nunca en otra muchacha, y mucho menos en Cordelia, pero por desgracia mi belleza aún tardó mucho tiempo en florecer.

Cordelia embellece día a día y yo me quedo atrás, como los cangrejos, con las trenzas todavía atadas a mi cabeza y mi mechón blanco ondeando los vientos. Es verdad que he crecido mucho, ahora tengo once años, pero mi aspecto desgarbado y sin curvas no atrae a los mozos como lo hacen las formas perfectas de Cordelia o su rostro angelical. Yo tengo la palidez del mármol, sin el buen color de las niñas sanas, y desde hace unos años decenas de pecas invaden mis mejillas sin compasión. Soy lo que se dice una niña poco agraciada. También es cierto que la diferencia de edad es considerable entre mi hermana y yo. Cordelia me lleva cerca de cinco años y se nos nota. Es lógico pensar pues, en mi decadencia, que avanza día tras día.

Ahora Ernesto se ha convertido en el doctor Rosales por exclusivo deseo de mis padres, pero solo para mí. A Cordelia sí le está permitido llamarle por su nombre, quizá porque, para su desgracia y si mamá se sale con la suya, se va a convertir en su esposa a corto plazo.

—¿Cómo estará Elvirita? —pregunta de repente Cordelia, rompiendo el silencio del salón del hogar y sorprendiendo a los dos acompañantes—. Voy a subir a verla. La pobre estará muy aburrida...

Pero tras su comentario nuestra madre, que es muy lista y en el fondo sabe que lo que busca Cordelia es desaparecer de la escena, le responde arrancándole así las esperanzas de huida:

—No te preocupes, subiré yo.

Y Cordelia se queda sin fuerzas, sentada en el pequeño sofá, junto al hombre que a su pesar tanto la ama.

Mamá se levanta con aire delicado de su precioso sillón de terciopelo verde y se pone en orden las arrugas del vestido.

—Mi querido Ernesto, me podrás perdonar —dice acercándose al joven doctor—. He de ir a ver a Elvirita, que la pobre a estas alturas estará diciendo que nos hemos olvidado de ella. Supongo que te quedarás a cenar con nosotras.

—Pues, yo... —responde el doctor Rosales, un poco aturdido porque sorprendentemente Elena de Miñares les va a dejar solos y ahora mismo tiene la cabeza llena de frases que se van y se vienen, por ver cuál es la más oportuna para el momento en que ella se vaya del salón. Al pobre le ha parecido escuchar una invitación a cenar, pero solo se le ocurre decir—: Me iré en cuanto se vaya la tormenta y, claro está, si Elvirita se encuentra mejor.

—Bueno, bueno, aquí os dejo, primores —dice mamá mientras se pasea entre los dos hasta llegar a la puerta de dos hojas—. No os mováis de aquí, os lo ruego, quiero que cenemos juntos. Serafín no viene hasta mañana, tengo el estómago encogido hasta que no lo vea aparecer por esa puerta, por eso mi deseo es que te quedes hoy a cenar, Ernesto. Hijo mío, quédate a cenar con nosotras.

Y tanto insiste nuestra madre que Ernesto asiente tímido viendo desaparecer a mamá tras la puerta de dos hojas. En realidad no quiere quedarse, pues se siente muy incómodo, además, se acaba de crear un silencio cortante en el salón del hogar con su ausencia. Demasiada tensión. Cordelia ha bajado la mirada hacia sus manos, entrelazadas sobre su regazo, y trata de concentrarse en el sonido de la lluvia que repiquetea en los cristales; ahora odia mucho más que nunca a mamá. Ernesto Rosales en cambio se ha levantado con decisión en vista de la molesta situación y se acerca a la ventana, inquieto.

—Tormenta de los demonios —dice—. No tiene pinta de parar. Creo que no me voy a quedar a cenar, Cordelia. Será mucho mejor que me marche.

Y oído esto Cordelia puede respirar mejor, y Ernesto también. Ahora sin querer ambos se han mirado y se han sonreído, los dos un poco cómplices de la coartada para no estar más tiempo solos. Él necesita fumarse un cigarrillo, aunque no debe porque hace meses que no fuma, y ella necesita perderse en su alcoba y en sus pensamientos, muy alborotados.

—Te entiendo, Ernesto —dice mi hermana levantándose junto a él—. Aprovecha y vete ahora que no llueve mucho. No te preocupes por mamá, yo le explicaré.

Y dicho esto Ernesto hace una reverencia dando muestra así de su refinada educación. «Que tengas buenas noches, Cordelia», dice el doctor. «Tú también, Ernesto», responde Cordelia, y ese es el final de su primer momento a solas. Desaparece Ernesto del salón del hogar y desde allí Cordelia lo escucha llamar a Goyo, el mayordomo, para que le traiga el paraguas, su abrigo y su maletín de médico. Junto a la chimenea queda Cordelia, mucho más relajada, y mirando para el fuego se ha reído con ganas, eufórica, porque una vez más ha ganado la batalla.

Arriba estoy yo, metidita entre las sábanas. No puedo conciliar el sueño, demasiados truenos, demasiada lluvia. Tengo miedo. Dama se ha quedado dormidita en su cuna de mimbre, arropada con una manta que la propia mamá le ha tejido. La pobre se ha asustado muchísimo al escucharme vomitar, y la tormenta también la ha trastornado un poco. Ahora está ahí, tumbada en su canasto, con su lindo hocico escondido entre sus patas y ajena a mis dolores de estómago. Entonces oigo el pomo de la puerta abrirse: es mamá. Se acerca a mi cama con la sutileza de las hadas y me pregunta si duermo. Le digo que no y me besa la frente, y su beso es tan dulce como no puede haber nada más dulce.

—¿Cómo te encuentras, cielo? ¿Te sigue doliendo?

—Sí, mamá. No ha parado de dolerme en toda la tarde.

—¿Quieres que vuelva a subir el doctor, hija? Está abajo, con Cordelia.

Quiero decir que sí, que deseo y necesito que suba el doctor, porque se ha quedado a solas con Cordelia y no me hace mucha gracia, pero debo estar muy fea después de la vomitera. Mejor no, que no suba.

—Mami, ¿de qué hablan?

—¿Quiénes, mi vida?

—Cordelia y el doctor.

—De sus cosas, cielo. Ya va siendo hora de que empiecen a conocerse más íntimamente y he pensado que dejarles solos un rato les iría bien. Tienen muchas cosas de las que hablar. ¿Por qué?

—Por nada. Oye, mamá, ¿Cordelia ama al doctor?

Mi habitación está en penumbra. Ya ha anochecido y continua lloviendo a cántaros, pero entre sombras soy capaz de ver el rostro sorprendido de mamá al oírme pronunciar esa última pregunta. Para ella es demasiado difícil reconocer que a su hija mayor le aterra quedarse a solas con Ernesto Rosales; sin embargo, no me responde, sino que vuelve a acariciarme el rostro y se queda muda, sin saber qué decir.

—Te voy a contar un cuento —dice de repente, y mi pregunta se queda flotando en el aire.

Qué linda es. En la penumbra mi madre es como una virgen de cera, irreal, sublime, y su voz con el cuento es tan aterciopelada que si cierro los ojos me puedo dormir. Me explica la historia de dos hermanos que se pierden en el bosque y son rescatados por dos entes de luz. No pasan hambre ni frío, porque esos entes los protegen. El cuento tiene un final feliz, pero yo no quiero que termine, no quiero dejar de oír su hermosísima voz de alondra. «Cuéntame otro, mamá», le digo, y empalma a otro cuento, hasta un máximo de tres.

Mi familia está llena de excentricidades, y no lo digo por decir, pues lo dicen todos los que nos conocen. Mamá está envuelta en un aura mágica y quien la ve por primera vez puede creerse frente a una diosa griega de esas que plasmaban desnudas los artistas antiguos. Tiene las carnes blancas, demasiado firmes para los tres embarazos que ha tenido que soportar, y un rostro tan bello y angelical que bien se parece a las imágenes religiosas de las iglesias. Inventa cuentos llenos de misticismo, para ella los espíritus de los que se van y las hadas son las claves para una hermosa historia, y, además de pintarnos a todos, escribe relatos con tan buen embrujo que cualquiera que la oiga podría prestar atención durante horas sin ni tan siquiera pestañear. Toma café a todas horas porque, si no, se dormiría de pie, es como una marmota. Anda en camisón muchas horas al día con una taza de café en la mano, y bosteza descaradamente sin pensar en los empleados. Se siente cómoda así, con su bata de seda ondeando a su paso, pero tiene costumbre de salir de su alcoba desperezándose a gusto y corre el riesgo de toparse con don Eduardo Rodríguez Batiente, nuestro profesor de matemáticas, que anda muy enamorado de ella y al pobre se le cae la baba con sus insinuantes transparencias. A mamá no le gusta don Eduardo, pero a nosotras sí, y es muy amigo de papá. Debe medir sus encantos, nada más. Muchos la critican de anómala, tal vez porque toda la casa la tiene adornada con moquetas y tapices de todos los tonos verdes del mundo, pareciendo nuestra casa una verdadera jungla y no un hogar normal, pero a ella le da igual y para darles a todos en las narices no para de invitar a gente para que así la critiquen de verdad.

A papá en cambio no le gusta la pintura, ni el café, ni el color verde. Él colecciona reptiles en la sala de la biblioteca, y, aunque mamá le censura de repugnante y zafio, al fin y al cabo, lo acepta. Una rareza por la otra. A los bichos papá los tiene ubicados en un pequeño cajón traslúcido y relleno de tierra, una gran pecera cubierta por arriba que permite ver arrastrarse a unos y saltar a otros de una manera cómoda y segura. Papá me deja verlos y ahora también tocarlos, porque soy la única capaz de acercarme a ellos sin morirme del asco.

Por eso tengo un par de guantes de gamuza guardados en la mesa de la biblioteca, que naturalmente me pongo si los quiero coger y observarlos de cerca. A los insectos y gusanos papá los tiene guardados en potes de cristal, situados en una estantería de madera resistente justo encima del terrario, donde se mueven y arrastran con intención de escaparse; son la chicha de los reptiles.

Por los primeros tiempos del capricho de papá uno de ellos se escapó y estuvo tres días sin aparecer. Cordelia y yo, que éramos más pequeñas, no podíamos dormir por las noches pensando en la mascota de papá, y durante aquellas tres noches mi hermana y yo nos acostamos juntas en mi cama. Cuando la segunda mañana encontramos a la perra Dorothy, la mamá de Dama, tumbada sin vida en la caseta que habíamos montado en los jardines del este, supimos que la pequeña bestia se hallaba cerca. La perra acababa de parir tres cachorritos, de los cuales tan solo Dama había logrado sobrevivir, y la chiquitina se había quedado dormidita bajo su madre, ya sin vida, con la suerte de no haber sido también mortalmente mordida. Cuando descubrimos que estaba muerta a mí me dio un ataque de histeria y Cordelia estuvo dos días llorando. Fue en el tercer día de la búsqueda que encontramos al reptil, escondido entre los cortinajes oliváceos del salón, resguardado del frío entre los encajes de las cálidas cortinas. Papá se encargó de dar muerte a su más preciada mascota, pues lo cortó por la mitad con las tijeras de las cocinas. El tritón se cayó en dos trozos al suelo y las cortinas tuvieron que lavarlas de inmediato, ya que el rojo de la sangre penetró en el tejido, y a Basilisa le costó sudores quitarlo. Aún recuerdo a nuestra querida cocinera batiendo sus orondas carnes en su carrera tras papá, amenazándole con tirar las cortinas y las tijeras a la basura y pidiéndole dinero para otras. «¡Habrase visto qué asquerosidad! ¿Y qué hago yo con estas tijeras? ¡A la basura, desde luego! ¿Me oye, don Serafín? ¡A mí me da usted dinero para otras cortinas y otras tijeras!». Pero papá la hizo callar con tan solo una mirada que la inmovilizó de inmediato y paró sus escandalosos gritos de verdulera. Así es papá.

Lo mismo le ocurre en sus negocios de vinos, donde ha logrado un prestigio digno de reyes. Hasta en el extranjero se rifan su famoso elixir, un vino dulce extraído de nuestros viñedos que resucitaría a los muertos, el Miñares de Osorio. Papá se codea con los grandes cosechadores del mundo, pero bastaría una sola mirada suya para acobardar al más osado en poner en duda la categoría o la calidad de sus viñas. Gracias a él somos ricos, y entre nuestra fortuna y nuestros raros hábitos nos hemos convertido en la familia más conocida y criticada de todo Pontevedra.

Como se ve, estamos cargados de manías, pero no seríamos una familia feliz sin estas excentricidades. Víctor, mi hermano mayor, para todo el mundo es el más normal de los De Miñares, pero aquí todos sabemos que fuma opio en Londres y que se aplica laca transparente en las uñas para que no se le agrieten. No es mariquita, porque se casa en breve con Evangelina, pero tiene las maneras de un donjuán francés. Ay, y tantos son los caprichos de todos que ahora me da risa pensar que mis padres mandaran construir el pozo de mis sueños tal y como lo vi. Si hubiese soñado con un elefante con alas y una trompa de mosquito, no tengo la menor duda de que hubieran hecho las mil y una por complacerme. Y a Cordelia le hubieran comprado aquel columpio de tres sillas sin ni tan siquiera pedirlo, con tan solo imaginarlo. Así son mis padres, y nosotros no podemos ser muy diferentes.

—... Y casi sin pensar, la pastorcilla reunió a sus ovejas y las fue escondiendo una a una en aquel refugio, y las nubes se tornaron violetas hasta que muy pronto descargaron toda su ira sobre aquella montaña seca que tanto necesitaba las aguas de lluvia.

Mamá me explica el último cuento con la voz tan bajita que parece la voz de un aparecido. Me he relajado tanto que apenas sí me duele la tripa, y la magia de los cuentos de mi madre ha surtido tanto efecto que muy pronto he podido volar al mundo de los sueños. Estoy por fin dormida.

27 de octubre 1918

Querido diario:

Hoy es un gran día para mí. No lo sería si todo fuese lo normal y aburrido que lo es siempre, pero esta mañana es especial porque ha regresado papá de su viaje a Barcelona, y el tenerle aquí me llena de una gran felicidad y una calma que en su ausencia no existen. Esta casa sin él es como un cementerio en el que todo huele a flores y a aburrimiento. No es que papá sea unas castañuelas y que monte un circo en esta casa cuando está con nosotros, pero es alegre y su estancia aquí me garantiza que estoy a salvo de mamá y de sus propósitos, tan poco delicados conmigo. Seguro que tengo tiempo suficiente para jugar al naipe con él en la sala de los trofeos hasta cansarme, aunque a la recatada de mamá no le guste demasiado que juegue al naipe. Dice que esos juegos son de hombres, pero parece que papá está encantado de que yo le gane todas las partidas.

Ha regresado a las nueve, y, como hoy es martes y no hay clases de literatura, he podido dormir una hora más. Le he oído dar los buenos días tan eufórico que me he despertado de golpe, poniéndome con prisas las zapatillas y saliendo a zancadas a darle la bienvenida. Elvirita no ha podido hacerlo porque se ha quedado todo el día en cama; se atiborró de frambuesas y la pobre tiene una indigestión de mucho cuidado. Hoy se encuentra mejor.

Mamá se ha levantado más tarde porque le encanta dormir, pero en cuanto ha podido me ha arrebatado a papá y lo ha engullido hacia su habitación, cerrando la puerta con el pestillo. No se lo censuro porque se aman muchísimo, pero siempre me ha parecido grotesca su imagen coqueta dentro de su bata de seda blanca, apoyada en el quicio de su puerta con los brazos estirados, aguardando al amor. Papá quiere estar conmigo, pero los encantos de mamá son peligrosísimos. Mamá es hermosa, y alborota a los habitantes de esta casa con sus manías y algarabías. Cuando papá viene de un viaje largo ella lo secuestra durante horas, y se aman con tal desenfreno que a mí se me llevan los demonios. Elvirita y yo ya estamos acostumbradas a dormir con tapones de algodón en los oídos.

Mamá es demasiado particular y me revienta que lo sea conmigo más que con nadie. Se está metiendo en mi vida de una forma muy poco discreta desde que cumplí los quince años y desde entonces, con tapones y sin tapones, no puedo conciliar el sueño. No me lo permiten mis pensamientos... ni tampoco mi corazón. Es una tarea difícil de llevar y no conseguiré que se haga fácil hasta que ella me deje pensar y sentir por mí misma. Cuando la oigo gemir bajo papá es ella quien piensa y siente, nadie lo hace por ella, y si está casada con el hombre más maravilloso del mundo es porque ella así lo quiso. Nadie la obligó. Todos los corredores llenos de nuestras imágenes en mármol y al óleo, todas las tapicerías y telas verdes de esta casa... Todo está a su gusto. Es ella quien decide por todos. Pero no puede tratar de conseguir lo imposible, porque le puede salir el tiro por la culata.

Daría lo que fuese porque dejase de presionarme con Ernesto. ¿Es que no se da cuenta de que no estoy enamorada de él? Me da igual si se enfada conmigo por toda la eternidad, pero mis sentimientos se van de su persona. Es obvio que no siento nada especial por él que no sea cariño. Ya sé que es un candidato perfecto para ser mi futuro esposo, pero no le quiero, no de la forma que ella espera. Me molesta tener que esconder la mirada cada vez que lo veo, o intentar disimular mi timidez y mi sonrojo, porque para mí Ernesto siempre ha sido Ernesto, el mejor amigo de mi hermano, y si le quiero es como a Víctor. Quiero decir con eso que le quiero como a un hermano. Mamá está consiguiendo que lo vea como a un monstruo al que tengo que evitar y tampoco deseo que así sea. No se merece lo que le hago. No me puede forzar a quererle.

A veces me pregunto si realmente él adopta esa mirada de tonto porque le gusto o porque se pone de acuerdo con mamá para hacerme pasar un mal rato. Si es así, desde luego lo consigue. Hay un abismo entre una cosa y la otra, pero nunca me atrevo a preguntarle. Prefiero que las cosas sigan como están, que de por sí ya son demasiado complicadas.

Cuando mamá nos dejó ayer a solas en el salón, no supimos de qué hablar, y, gracias a Dios, Ernesto se marchó enseguida. Fue entonces cuando pude al fin pensar en Martín. Lo recordé mientras oía la lluvia golpeando los cristales, y mirando al fuego me perdí en mis pensamientos, con el rostro del jardinero reflejado en mi mente. Ayer lo tuve muy cerca, y por fin olí su aliento de rosas y jazmines, y su boca de fresa besó al fin mi boca de fresa. La aventura del beso empezó después del aburrimiento, cuando después de las cinco abandonara a Elvirita postrada en su cama, vomitando. Entonces había un sol magistral fuera de la casa y ni por asomo hubiera pensado que dos horas más tarde se desencadenaría aquella bestial tormenta. Aun sabiendo que el doctor venía de camino, mamá me dio permiso para salir a los jardines y como me había pasado todo el día en casa, no me lo pensé dos veces. En cambio, la pobre Elvirita se quedó recluida en su cama, con su mal de barriga y la melena revuelta.

A mamá la dejé apoyada en el quicio de la puerta, con la mano puesta en la boca y sin poder decirme ni media, porque si lo hacía me echaba la bocanada encima. Luego me hizo un ademán para que me marchara. Por las escaleras me encontré a la oronda Basilisa que subía una infusión de manzanilla con mucho azúcar en una bandeja y en el otro brazo llevaba a la revoltosa Dama, que había ido a revolucionar las cocinas cuando a mi hermana le dio por arrojar las frambuesas, huyendo de sus arcadas. Cuando llegué al vestíbulo, Goyo me informó de que el doctor Rosales había llegado, y, sin poder evitar mis nervios, aun sabiendo que Goyo se iba a percatar de mi escapada, corrí hacia las puertas de las cocinas con tal de no toparme con él. Y me funcionó, porque no le vi. Me fui corriendo a los jardines del este, derecha al pozo de Elvirita, con una moneda entre mis manos como solía hacer cuando me sentía acosada. Y poco después de lanzarla a las profundidades del pozo, la voz de Martín me logró poner los pelos de punta. Me di la vuelta y lo vi allí, tan cerca, con una moneda entre sus dedos. «¿Estabas pidiendo un deseo?», me dijo, y entonces él subió al escaloncito del pozo, lanzó la moneda y pidió su deseo. «Mi deseo es estar contigo», me dijo, y supongo que se me quedó cara de tonta. Empezó a chispear, y yo quise salir corriendo, pero pareció que los pies se me habían clavado en la tierra. «Vete, va a diluviar», añadió, pero no podía moverme en el estado en que me encontraba. Para disimular le dije que me iría cuando yo quisiera, y entonces para mi sorpresa me propinó un beso sin más en los labios. No me caí redonda al suelo por puro milagro, pero de lo que sí tengo conciencia es de que recuperé el movimiento de mis piernas y salí corriendo hacia mi casa, con una sonrisa tonta en los labios y un latir en mis sienes que aún me dura. Entonces se desataron también los truenos, y por suerte para mí empezó a llover con fuerza nada más llegar yo a los porches, con lo cual no me mojé. No sé yo si Martín tuvo la misma suerte.

Cuando entré en la casa me faltaba el aliento, sin embargo, en mi rostro sé que habitaba una expresión de cierta satisfacción que todavía hoy, un día después, no se me ha borrado. Necesito pensar en todo esto con más tiempo, porque ahora mi cabecita está hecha un tremendo lío. Solo espero no volverme loca. Hasta la próxima, querido diario.

1 de diciembre de 1918

Querido y paciente diario:

Te preguntarás cómo van las cosas con Ernesto y Martín, y yo tengo que responder que por la misma senda de siempre, una senda llena de guijarros, sin duda. Sabes que el trío de las De Miñares salimos cada mañana a pasear por los jardines, y en ese trío está la recelosa mamá, resguardando su delicada piel bajo su sombrilla mientras Elvirita juega a cazar mosquitos junto a Dama y yo observo cabizbaja los alrededores, buscando rastros del apuesto jardinero. Estos días hace frío y mamá está resfriada, así que Elvirita y yo vamos solas en nuestro paseo matutino muy abrigadas con nuestros abrigos. Gracias a Dios y al enfriamiento de mamá podemos ir sin vigilancia, juntas pero separadas, y es por eso por lo que ayer pude ver a Martín unos minutos e intercambiamos algunas palabras.

Fue en la zona del pozo, donde Elvirita lanzaba sus monedas subidita al escalón, cuando Martín se me acercó disimulando, como el que no quiere la cosa. «¿Aún sigues enfadada por lo del beso?», me preguntó, y yo le respondí, muerta de espanto: «Cállate, loco, no me hables de eso delante de mi hermana. ¿Quieres que nos maten a los dos?». Y cuando le dije esto Martín se rio y, dejándome olvidada, se acercó a mi hermana pequeña y le preguntó qué hacía lanzando monedas al agua del pozo, «¿qué es lo que pides en tus deseos?». Y mi hermana le respondió: «Eso no te lo puedo decir. Si te lo cuento, no se cumple». Con la misma sonrisa perenne, Martín se subió al escaloncito y le pidió una moneda a Elvirita: «Préstame una de tus monedas. Yo también quiero pedir un deseo», y dicho esto cogió una moneda y la lanzó dentro del pozo. Después le dio las gracias a Elvirita y a mí me guiñó un ojo. Como comprenderás, aún me dura el pasmo, y no paro de pensar en la hora de mi paseo matutino de mañana. Hoy ha llovido mucho y no hemos salido. ¿Qué pasará mañana? Tengo que rezar para que mamá siga resfriada y nos deje solas más tiempo, pero temo que, si no mejora, Ernesto vendrá a visitarla y con él volverán de nuevo mis trastornos. Pobrecito Ernesto, es tan víctima como yo de las artimañas de mamá, pero nos quiere mucho y no permitirá que mi madre empeore.

Ayer recibimos carta de Víctor comunicándonos que pasaría las navidades con nosotros, y el tenerle aquí otra vez en unas fechas tan señaladas nos llena a todos de una alegría incontrolable. Cuando se entere Evangelina se va a poner muy contenta, la pobre espera su casamiento como agua de mayo. Pero, aunque esté deseando que lleguen las navi-

dades para tener a Víctor entre nosotros, no logro olvidar que mientras él esté aquí también estará Ernesto, su amigo inseparable. Mamá puede estar insoportable durante todo ese tiempo, aunque intentaré dominar mis emociones y sentimientos de forma que ella no pueda hacerlo. No sería justo. Esperaré la llegada de Víctor con la mayor alegría del mundo. Es mucho un año sin verle.

Hace tan solo un momento que papá rescató una de sus repugnantes lagartijas verdes. Se le escapó esta mañana cuando él mismo limpiaba el terrario, pero esta vez no ha cundido el pánico. Por la época de la muerte de Dorothy se nos volvió insoportable la convivencia con esos bichos, pero ahora es diferente. A mamá le entran a veces ataques de histeria cuando a papá se le escapan los gusanos de los botes, pero créeme que incluso los chillidos de mamá son más soportables que el saber que alguno de esos bichos merodea por algún lugar de la casa. Estos son los inconvenientes de la manía esta de papá de criar bichos bajo nuestro mismo techo.

Hasta la próxima, mi queridísimo diario.

CAPÍTULO 4

El día amaneció fresco y soleado. Ni por un momento nadie podía pensar que rompería a llover como días atrás, porque el sol radiante de la mañana y el aroma agradable de las flores quebraban, a su modo, la estación invernal. Los jardines de las cuatro zonas permanecían radiantemente impecables gracias a la lluvia y a los desmedidos mimos de Martín, el jardinero, y en la gran casa se había dibujado una especie de aura luminosa que a lo lejos parecía una corona de diamantes.

Era el día más esperado del año: la llegada del primogénito. Parecía mentira que el mayor de los De Miñares hiciera su regreso después de un año, porque durante ese tiempo apenas sí se habían recibido noticias suyas; tres o cuatro cartas, no más. Lo esperaban todos con ansia, sobre todo las hermanas, Cordelia y Elvirita, que ya empezaron a impacientarse hacia las once y se dedicaron a vigilar el paseo de los olmos a través de la pequeña ventanilla del desván, desde donde podrían divisar toda la finca. «¡Yo lo veré primero!», gritaba Elvirita. «¡Pero yo avisaré antes que tú!», respondía Cordelia. Y se aglutinaron las dos hermanas en la redonda ventana del desván, igualitas a los reptiles del terrario de Serafín de Miñares, observando el paseo de los olmos cada vez más impacientes, empujándose la una a la otra y haciendo callar a Dama, que, a juzgar por su meneo de cola y sus piruetas, también parecía estar ansiosa por ver a Víctor.

Abajo Elena, que andaba a trompicones por todos los rincones de la planta baja poniendo en orden hasta el más mínimo detalle, se había convertido en un gran manojo de nervios. Aquella mañana se despertó más temprano que de costumbre y todos se lo notaron. No había más que verle la cara u oírla hablar para asegurar que no había pasado muy buena noche, porque sus hermosos ojos verdes se le habían hinchado de no dormir y su mal carácter se le acentuó de tal forma que a todos puso sobre aviso. Nadie la contradijo, ni siquiera Serafín de Miñares, su amado esposo, que se tuvo que encerrar en la biblioteca por preferir el silencio de sus mascotas a los gritos histéricos de su esposa. De madrugada se levantó nerviosa, porque no pudo hacer frente a su ansiedad y se quedó despierta, sentada en su mecedora, hacia las seis de la mañana. Cuando Serafín se despertó ya había luz de día y la figura de su esposa sentada en su mecedora le recordó a la de los ángeles. Parecía dormida, pero no lo estaba. Elena abrió los ojos cuando sintió los pelillos del bigote de su esposo rozándole la mejilla y, cuando le preguntó qué hora era, lanzó un bostezo de casi medio minuto. No había pegado ojo en toda la noche y su aspecto parecía tan cansado como su estado de ánimo.

—Estoy contenta, querido, pero no he podido descansar pensando en nuestro Víctor. Me muero porque se olvide ya de Londres y de esos estudios de las altas finanzas. ¿Cuándo se va a terminar esto?

—Elena, de sobras sabes que al negocio de los vinos ha de hacerle frente un cerebro formado e instruido como el de nuestro hijo. Londres se está acabando, no creo que quede mucho tiempo de viajes ya.

—Dios te oiga —dijo Elena, y cerró los ojos mientras suspiró meciéndose lentamente, con las manitas cruzadas en su pecho.

Elena de Miñares aquella mañana se puso muy nerviosa y con sus manías consiguió alterar los nervios de la servidumbre. Parecía grotesca su figura esbelta rondando por cada rincón de la casa y poniendo hasta el más mínimo detalle en su sitio. De vez en cuando se miraba a los espejos y se daba unos toquecitos en su peinado, y lograba ponerse realmente histérica cuando veía rondar a Dama por el salón y el vestíbulo. «¡Que alguien coja a esa perra! ¿No veis que viene del jardín y lo va a poner todo perdido?». Dama se había aburrido de esperar junto a Cordelia y Elvirita y no paraba de ir de un lado para otro. Ahora se divertía dando saltitos en la moqueta del suelo, quizá porque también se estaba empezando a impacientar.

—¿Se puede saber dónde se han metido mis hijas y mi esposo? —gritaba Elena dirigiéndose a Belinda y Julita, las hijas de Basilisa y Nicolás, que estaban terminando de adornar la puerta principal y dejaron sus quehaceres para prender a la perra Dama.

—No lo sabemos, señora —contestó Belinda, que había podido coger a Dama después de varios intentos y se la llevaba escaleras arriba, a ver si la encerraba un rato en alguna de las habitaciones.

—¡Dios santo bendito! Este hijo a punto de venir y todo el mundo tan tranquilo. ¡Todos tocando a zoca!

Elena estaba de un humor de perros y a regañadientes las criadas la oyeron decir que se estaba volviendo loca. Luego respiró profundamente e intentó serenarse, y se fue con paso enérgico hacia las cocinas.

Al otro lado de la casa, bien retirado del jaleo de la bienvenida y de los ladridos de Dama, Serafín de Miñares no hacía otra cosa que poner en orden sus muchos papelotes de encima de su escritorio, aunque el pobre del orden sabía bien poco, y lo único que conseguía era apilarlos de un lado a otro. También había dado de comer a sus reptiles, porque, si les dejaba por mucho tiempo sin sus manjares, se ponían como locos, e incluso se podían comer los unos a los otros; no hubiera sido la primera vez. Se aglutinaban los bichos en las paredes de vidrio cuando Serafín o Elvirita se acercaban con el pote de los gusanos e insectos, y gracias a Dios que las regañinas de Elena obligaron a Serafín a subir unos centímetros más el cristal del terrario, porque los bichos habían crecido y todos en la casa clamaban más seguridad. A cada uno le tenía asignado un nombre diferente que para todos era imposible de pronunciar. Los tenía apuntados en un papel blanco pegado en el mismo terrario, donde Serafín ofrecía a sus amigos y socios la posibilidad de conocerlos uno a uno, sin necesidad de preguntarle. Casi todos fruncían el ceño cuando leían los nombres, e incluso algunos acercaban sus grandes narices al vidrio por tal de observarlos mejor. «¡Qué bichos más feos!», decían, y Serafín de Miñares les enseñaba a escucharlos. «¿No oís su respiración?», les decía, entusiasmado con lo que solo él podía escuchar, pero con el tiempo todos en la casa aprendieron a escuchar aquellos sonidos, sobre todo cuando llegaba la noche.

Arriba Cordelia y Elvirita seguían atisbando desde la pequeña ventana del desván. Dama se había escurrido de las manos de Belinda y volvió a subir con ellas, de nuevo ladrando y más revoltosa que antes. «¡Calla, Dama!», gritó Cordelia cuando creyó escuchar el motor de un coche. «¿No has oído un ruido como de un motor?». La pequeña de los De Miñares pegó el oído al cristal y asintió distraída, pero al ver que Dama volvía a bajar ladrando y que el ronroneo del motor parecía cada vez más claro, miraron para el paseo de los olmos. «¡Ya viene!», gritaron las dos al unísono mientras veían acercarse desde la lejanía el coche de Guillermo, que ya comenzaba a atravesar el paseo de los olmos. «¡Ya llega!». Las dos quisieron bajar al mismo tiempo por la escalinata del desván y estuvieron a punto de caerse por ellas. «¡Ya viene! ¡Ya viene!». Recorrieron el corredor de las habitaciones y a Cordelia le faltó muy poco para llevarse por delante la última estatua de mármol de su padre, repuesta hacía poco más de un mes.

Ya en el vestíbulo, las dos vieron cómo Elena sonreía nerviosa entrelazando las manos al pie de la puerta principal. Su rostro se había convertido en una mueca constante y permanente y sus ojos, en cosa de segundos, se vieron arrasados en lágrimas. «¿Estáis seguras, niñas, de que ya viene?». Las dos hijas dijeron que sí con la cabeza y se acercaron excitadas a la puerta, impacientes por ver por fin a su hermano.

Serafín también escuchó los gritos de sus hijas y dejó de ordenar sus papeles para recorrer a toda marcha el largo pasillo de la biblioteca. Cuando llegó al vestíbulo, las tres damas ya habían salido al porche.

También Goyo, que se había pasado toda la mañana limpiando las estatuas familiares, y el resto de la servidumbre se habían reunido inertes en la entrada, detrás de Elena y sus hijas. Se alinearon en dos filas, dejando la entrada despejada y, salvo Martín, el jardinero, que parecía bastante indiferente frente a tanto protocolo y sentimentalismo, todos parecían contentos. Delante Elena formaba el centro, con una hija a cada lado, y hasta que no vieron aparcar a Guillermo en la parte delantera no bajaron los escalones. Serafín se añadió al trío en ese mismo momento y descubrió en su esposa una mirada de recriminación ante la que no pudo justificarse. Serafín y la impuntualidad eran una única cosa, pero Elena tan solo utilizó esa mirada de reproche durante unos pocos segundos. No era momento para enfados.

A Víctor se le podía ver tras los empañados cristales de la oscura ventanilla trasera. Sonreía ampliamente cuando Guillermo bajó del coche y le abrió la puerta para poder así abandonar el auto. No tardó en aparecer ante ellos, y esta vez todos vieron que había cambiado bastante. El cuerpo destartalado de hacía ahora justamente un año se había tornado esbelto y fornido, y se había dejado crecer una barba con la que semejaba un aventurero inglés. La fuerte disciplina de Londres lo había cambiado de una manera resaltante y ahora su nuevo físico realzaba aún más su semblante serio y respetuoso. Muy cerca de él la perra Dama se lo quedó mirando sin parar de agitar su colita, pero hasta que Víctor no abrió la boca no lo reconoció del todo.

—¡Ya estoy en casa! —Entonces Dama saltó contenta y comenzó a ladrar, pero para entonces Elena de Miñares ya había saltado a los brazos del hijo recuperado, dejando a los demás en un segundo plano—. ¡Vale, vale, habrá para todos! —dijo el joven.

Tras su gracia Serafín se acercó a su hijo, secuestrado impulsivamente por Elena, y de momento se conformó con un buen apretón de manos y una palmadita en la cara. Elvirita y Cordelia esperaron turno tras sus padres, muy impacientes por abrazar al hermano mayor.

—¡Mamá, que no vengo de la guerra! —añadió Víctor casi pidiendo clemencia mientras su madre le oprimía en su abrazo todos los músculos—. Tenías ganas de verme, ¿eh? Yo también a vosotros.

Víctor era tan alto que la cabeza de Elena le llegaba al pecho y, para poder liberarse de la opresión a la que era sujeto, tuvo que hacer verdaderas artimañas.

—Mamá, permíteme respirar un poquito. ¡Dios santo! ¡Que he venido para quedarme!

—¡No lo dices en serio! —exclamó excitada Elena de Miñares llevándose una mano a la boca.

—Sí, mamá. Londres se ha acabado, y ya me quiero casar con Evangelina. Son muchos años por ahí fuera, uno tiene melancolía de su España. Como aquí en ningún sitio.

—¡Ay, menos mal que alguien en la familia ha entrado en razón! —dijo Elena muy emocionada—. No sabes lo feliz que me haces, hijo mío.

Víctor no dejaba de sonreír y hacerle carantoñas a su madre Elena, quien por fin se le desencajó del cuerpo y dio paso a los demás, que muy impacientes esperaban su abrazo de bienvenida. Serafín de Miñares y las niñas se enzarzaron en un mismo saludo con el joven, y desde otro ángulo Elena los observó emocionada. Dama, en cambio, prefirió seguir manteniéndose en un segundo plano dando saltitos alrededor de la escena familiar.

—Bienvenido a casa, hijo —dijo Serafín de Miñares emocionado—. ¿Cómo has hecho el viaje? Qué ilusión lo que acabas de decirnos, la mejor noticia en mucho tiempo, Víctor.

—Lo sé, papá. Qué ganas tenía de regresar y veros a todos, sobre todo a estas lindezas. Qué bonita estás, Cordelia, y tú, Elvirita, ¡cómo has crecido! ¡Pero vayamos dentro! Estoy tan cansado que no puedo sostenerme un minuto más en pie... Me muero de agotamiento... ¡y de hambre!

En el porche también esperaba sonriente por dar la bienvenida al primogénito el séquito de la servidumbre, a quienes Víctor fue saludando uno a uno de una manera cordial y correcta. Sin embargo, el saludo más efusivo fue para Goyo, a quien propinó un caluroso abrazo familiar que bien le agitó todos los huesos del cuerpo. Siempre se llevó muy bien con el mayor de la familia. Más que un empleado, Víctor lo veía como a un familiar cercano.

—Goyo, Goyo, mi buen amigo. ¡Qué viejo te veo! —le dijo, y Goyo asintió sonriente colaborando con la broma.

—En cambio usted está de muy buen ver. Deben ser los aires londinenses...

—Pero qué dices, ¡si estoy hecho un asco! ¡Mira qué barbas! Ay, Goyo, Goyo, qué ganas tenía de volver a casa...

Nadie reparó, no obstante, en la mirada de Martín hacia Cordelia. Tanto alboroto con Víctor era suficiente razón para no dar cuenta de nada más, pero, aun con la alegría de la llegada de su hermano, Cordelia no pudo pasar por alto la presencia de Martín. Lo vio observarla con descaro todo el camino que emprendió hacia el porche, y se empezó a sentir tan sonrojada que rezó para que nadie más lo hubiese visto. Pero para su desasosiego, antes de llegar a su altura y mientras subía los escalones hacia el porche, Cordelia ya intuyó un extraño movimiento en el atrevido jardinero. Lo sorprendió metiéndose una mano en el bolsillo y mirándola al mismo tiempo, con una sonrisita dibujada en sus labios de perverso truhan, y, al pasar junto a él, Martín no hizo otra cosa que emitir un beso mudo y pasarle con su mano un papelito arrugado que a pique estuvo de caérsele a Cordelia de la mano a causa del tembleque. La pobre tragó saliva, no se atrevió ni a respirar, pero, para suerte de ambos, nadie que no fueran ellos se dio cuenta del delicado percance. Los demás criados sonreían a su paso, sin contar con su sonrojo, y más que estar pendientes de ella, lo estaban sin duda de Víctor. Sin embargo, Cordelia no pudo respirar tranquila hasta que entraron a la casa y dejaron atrás el séquito de los criados. Guillermo se encargó de pasar el equipaje a la casa, y poco a poco toda la servidumbre fue integrándose de nuevo a sus puestos.

Se cerró la puerta principal.

—¡Vaya, qué bonito está todo! —exclamó Víctor paseando su mirada por todas partes—. ¿Todo este carnaval se supone que es por mí?

—¡Claro, tonto! ¿Para quién si no iba a ser? —dijo Elena cogiéndole del brazo y achuchándole con cariño—. ¡Ay! Me parece mentira tenerte otra vez aquí, hijo. Verte de año en año me mata. Espero que la promesa de no irte más a Inglaterra la cumplas de verdad.

—Sí, mamá, he venido para quedarme. ¿Qué pensaría Evangelina si después de mis promesas me vuelvo otra vez a Londres? En serio, mamá, estoy agotado y tengo tanta hambre que me comería un carnero con cebolletas de esos que tan bien sabe cocinar Basilisa, y una ensalada de pepinos y tomates de nuestro huerto, y un trozo de tarta de mandarinas y arándanos. ¡Allí me tenían muerto de hambre! Qué mal se come en Inglaterra... Vayamos al salón, necesito sentarme y sentirme en mi casa.

Los cinco miembros de la familia se fueron directos al salón del hogar, donde el acogedor calor de las brasas los envolvió a todos. Víctor se sentó con ansia al lado de la chimenea y se encendió un cigarrillo; Serafín de Miñares le hizo compañía con otro.

—Mmmm, tabaco... Guillermo no me ha dejado fumar en el coche. Todavía sigue siendo tan refinado como siempre... —dijo aspirando profundamente el humo del cigarrillo—. Aún no sé cómo he aguantado tanto tiempo sin fumar. Este es el mayor placer del mundo...

—A mí tampoco me permite fumar cuando vamos juntos de viaje. Prefiere que lo haga fuera y yo se lo respeto. Yo le pago por ser mi chófer, pero tiene alergia al tabaco y el pobre se muere si huele a humo —afirmó Serafín de Miñares, que se sentó junto a él—. No creo que a tu madre le haga mucha ilusión que fumemos en su salón, pero me da igual... Es bueno este tabaco, ¿es inglés?

Elena tomó asiento en su precioso sillón de terciopelo verde y agitó una mano por quitarse el humo de delante, pero ninguno de sus dos hombres se dio por aludido y continuaron fumando a placer. Cordelia se sentó en las rodillas de su padre, más por disimular su sofoco que por apetecerle, y Elvirita se quedó en el suelo, frente al hogar, jugueteando con la pequeña Dama, que de vez en cuando miraba a Víctor con aire desconfiado.

—El tabaco debe ser peligroso, pero vosotros ahí fumando sin parar. ¡Qué más da! Luego el salón olerá a requemado y para entonces no habrá perfume que logre borrar la peste —apuntó Elena de Miñares—. Pero bueno, es igual, tampoco vais a apagar el cigarrillo por mucho que yo os diga.

—Ay, mamá, no has cambiado en nada. Tan preciosa y tan pesada como siempre—. Víctor se carcajeó junto a su padre y Elvirita. Cordelia se distrajo y cuando los vio reírse no supo por qué era.

—Hijo mío, no me llames pesada. Solo quiero vuestro bien, ya sabes como soy. Pero dime, cuéntame por qué te has dejado esa barba. ¿No te molesta?

—No me molesta, mamá, al contrario. Para mí es tan cómodo como ir sin corbata. No es que me haya vuelto un descuidado, pero allí casi no tengo tiempo ni de comer, así que menos para afeitarme. ¿Qué pasa? ¿No os gusta mi nueva imagen?

Entonces escucharon a Dama ladrar. Se había escondido entre los vestidos de las dos hermanas y ahora sacaba su cabecita como en aviso de su presencia. Seguía mirando hacia Víctor con aire desconfiado.

—A todos nos gusta tu nueva imagen, Víctor, pero a Dama parece ser que no —dijo riendo Elvirita, que había sacado a Dama de su escondite y la había puesto delante de Víctor—. No le has dicho nada en todo el rato y la pobre clama tu atención.

—¡Damita! No me gruñas, que en el fondo sigo siendo el mismo. ¡Ven aquí, a mi regazo! Quiero recordar mis viejos tiempos —dijo, pero Dama no se mostró muy confiada y gruñó unas cuantas veces desde un rincón sombrío.

Víctor no pudo evitar acordarse de la madre de Dama, la perra Dorothy, por los tiempos en los que el cachorro vivió con él durante tres meses en una pequeña habitación de un hotel cercano a Scotland Yard. Fue un regalo de un fugaz amor. Se apostó con un amigo que la dueña del hotel no advertiría la presencia de la perra, pero no fue así, y perra y huésped fueron echados sin ningún miramiento. «Véndela», le dijo el amigo después de cobrar el dinero de la apuesta, y como el muchacho le había cogido cariño y lo último que quería era deshacerse de ella, decidió llevársela a Pontevedra y dejarla a recaudo de la familia. Lo hizo con la mejor de las intenciones, pero cómo iba a imaginar Víctor el destino que le esperaba a aquella perrita en su propia casa. Aquel cachorrillo que fue creciendo junto a Elvirita y Cordelia, y que pronto tuvo un romance con el mejor can de caza de su padre, Cosmo, tenía los días contados.

El día que encontraron muerta a la perra Dorothy, envenenada por el mordisco de uno de los reptiles de Serafín de Miñares, a todos se les vino el mundo encima. Nadie supo sin embargo cómo se sintió Víctor al conocer la noticia por carta.

Ahora, mirando a los ojitos de Dama, Víctor no pudo remediar que se le acongojara el corazón.

—¡Venga, Víctor! Cuéntanos cosas de Londres —gritó Elvirita rompiendo por suerte sus tristes cavilaciones.

—Prefiero ir a comer, si no te importa. Cuento mejor mis historias con el estómago lleno. —Y en ese momento Goyo entró al salón con un platito lleno de aceitunas sin hueso y una copita de vino blanco bien frío—. ¡Goyo! ¡Tú sí que sabes!

—Es un pequeño tentempié. En las cocinas no descansan preparando sus manjares favoritos, señorito Víctor. Espero que todo esté de su gusto.

—¡Estupendo! —exclamó el joven.

A pesar de que Víctor le persiguió por todo el salón para que se quedara con ellos, Goyo fue fiel a su discreto y responsable trabajo, saliendo al vestíbulo y haciendo caso omiso del afable muchacho.

Era cerca de la una y, aunque en casa de los De Miñares no acostumbraban a comer muy temprano, Elena mandó que preparasen la mesa enseguida. Desde el otro lado del salón Goyo pudo ver la escena familiar discretamente, sin ser visto, observándoles por la hoja de la puerta medio cerrada, medio abierta, a través de los cortinajes oliváceos. El mayordomo se sintió orgulloso de tener al joven De Miñares entre ellos de nuevo, y sin más se dirigió hacia las cocinas. Todo estaba ya listo para comer.

23 de diciembre de 1918

Ya hace dos días que Víctor está con nosotros. Ha sido muy emocionante verle después de todo un año y mamá y papá están muy contentos desde que regresó de Londres. ¡Y es que esta vez nos ha venido hecho todo un caballero!

¡Ay! Cuando Evangelina vino el martes para verle pensé que Víctor se moría de los nervios. Mi hermano no es de esos muchachos a los que el amor les viene por sorpresa y se les pone cara de bobalicones. Es mucho más práctico que

todo eso, supongo que porque es hijo de papá. Sí es verdad que se quiere casar con Evangelina y que cuando la mira lo hace con un orgullo indescriptible. Son novios desde hace dos años, pero el romanticismo a Víctor siempre se le ha ido de las manos. Por esa razón esa tarde me entró la risa cuando le vi hechito un manojo de nervios al aparecer Evangelina junto a su señora madre por el umbral de la puerta. Al pobre le empezaron a sudar las manos, y se le puso tal cara de tonto que por un momento me recordó al pobre Ernesto. En cierto modo, a nadie le extrañó tal comportamiento, porque Evangelina se ha convertido en un año en una preciosa mujercita que bien puede hacer perder la cabeza a cualquier varón, por muy joven o viejo que sea. Ahora lleva el pelo recogido y no la melena suelta con cola de gato de hace un año. Tiene dos años más que yo y ya es tan alta como Víctor, por lo que pienso que su estatura y su nueva belleza han sido las principales razones que han provocado el sudor de manos de mi hermano. Evangelina, al principio de verlo, se asombró mucho de su cambio de aspecto, y quizá no le guste demasiado la barba que se ha dejado. No obstante, la que pareció haberse escandalizado con su nueva imagen fue doña Patricia, su señora madre, que se echó la mano a la boca para irremediablemente soltar un «¡Virgen santa!» que solo quedó amortiguado por su mano, pero que todos escuchamos. Esa misma expresión deberíamos haber soltado todos nosotros al verla entrar en la casa, porque la señora venía ataviada con un inmenso sombrero verde de guirnaldas a juego con su vestido rococó que casi no cabía por la puerta. Esa mujer siempre tiene que ser el centro de atención; si no se destaca, se muere, pero lo que doña Patricia no sabe es que estando mamá cerca ella es como un champiñón arrugado y sin gusto que a nadie interesa si no es para reírse un rato.

Los dejamos solos, porque era de suponer que tenían cosas de que hablar. Se marcharon a pasear por los jardines y los demás nos quedamos en el salón, tomando el té de las cinco. Sé que se quieren, y también sé que han estado a punto de romper su relación a causa de la distancia. Víctor se pasa muchos períodos de tiempo sin venir y apenas le escribe, porque todos sabemos que mi hermano no es muy expresivo y con media hoja le basta y le sobra para mostrar sus sentimientos. Evangelina, en cambio, le ha llegado a escribir diez hojas de un tirón, y Víctor se cansa muy pronto de leer.

Es extraño, pero Ernesto no ha parado por aquí en estos dos días. Sé que Víctor está deseando verle y, aunque yo no tenga nada en contra de su presencia en esta casa, rezo para que al menos no esté mamá por medio. Me volvería a hacer sentir mal y me pongo de muy mal humor ante su actitud de madre celestina. Me consta que Ernesto sabe de la llegada de Víctor, pero me pregunto también por qué no ha venido a visitarlo todavía. Hay veces en las que de manera irremediable olvido su papel de médico de familia y relaciono su persona con otros temas, como por ejemplo el de donjuán, que apenas sí se le da bien. He advertido que se pone nervioso cuando me ve y que se vuelve un poco torpe, y, aunque nunca he dudado de sus dotes encantadoras y su belleza germánica, sí estoy segura de que todo este lío en el que se ve envuelto no le va demasiado bien a su persona, como a mí. ¡Oh, Dios! A veces me pregunto cómo es capaz de soportar a mamá, porque se pone de un pesado cuando el pobre está por aquí... Seguro que ya se ha dado cuenta de sus pretensiones, y no me extraña en absoluto que a veces se vuelva torpe. A mí me pasa lo mismo. No hace falta ser muy listo para saberlo. Supongo que a la fiesta de Nochebuena no faltará. Mi hermano no se lo perdonaría y supongo que mamá tampoco. ¡Dios, apiádate de nosotros dos!

Desde que llegó Víctor todo el mundo ha estado demasiado ocupado en la gran casa. Mamá se pasa los días enteros con los preparativos para la fiesta de Nochebuena, que también será en honor a Víctor, y anda como loca confeccionando la lista de los invitados y pidiendo presupuestos de orquestas para ambientar mientras se cena; siempre ha sido ella la encargada de esos berenjenales. En cambio, papá se ha pasado estos días adornando el gran árbol de Navidad y todos los rincones de la casa, sobre todo el gran salón, que es donde celebraremos la fiesta. Elvirita sigue con sus cuentos y sus muñecas de porcelana, pegadita cuando hace bueno a su pozo o correteando por toda la casa con Damita a sus espaldas cuando llueve o hace frío. Víctor y Evangelina no se han separado ni un solo momento desde que se vieron la otra tarde, y a mí se me cristalizan los ojos de pensar si habrá un día en mi vida en que Martín y yo podamos pasear del brazo por los jardines de la gran casa, como ellos, solos y enamorados, con las flores como únicos testigos de nuestro amor.

Te he contado demasiadas cosas, todas soñadas, todas humildemente confiadas a ti, querido diario, pero no sé si el explicarte lo que ronda por mi cabeza en estos momentos es lo más apropiado para una muchacha de mi condición. Ese sueño de ir del brazo paseando junto a Martín está para mi desgracia demasiado lejos de alcanzarse, pero ha de haber una manera, aunque sea clandestina, para amarnos sin que nadie ponga objeción ni opine sobre ello. No me importa mi madre, ni lo que ella piensa, ni lo que quiere hacer con mi vida, que no es sino romperla en mil pedazos. Solo me importa este sentimiento abrasador que ha nacido en mí y que me persigue noche tras noche y día tras día. Todos andan demasiado ocupados, y eso es lo que me mancilla mis pensamientos. Incluso Goyo, fiel águila de esta casa que nos vigila a todos incluso en sus sueños, está terriblemente ocupado con la fiesta de Nochebuena. Desde la otra tarde en que Víctor hiciera su regreso, el corazón no ha parado de latirme de una manera desequilibrada. He empezado a tener pesadillas, y el estómago se me ha hecho un nudo; apenas sí puedo probar bocado. Me siento un poco sucia del alma, y si miro a Elvirita cuando juega con sus muñecas de porcelana, me pregunto si el desear ser cómo ella no es del todo lógico. Pero yo he crecido y las muñecas de porcelana han dado paso a los devaneos del primer amor. Espero la noche con ansia para poder sincerarme contigo, es por lo tanto mi deber contarte el propósito de mis planes.

Vi a Martín cuando salimos a recibir a Víctor, en la entrada, junto a los otros empleados. No parecía muy entusiasmado con todo el jaleo de la bienvenida y se le notaba, pero escuché a Goyo obligarle a guardar la compostura, a ponerse recto y a sonreír. Durante ese momento ni siquiera lo miré, puesto que permanecí de espaldas a ellos, al lado de mamá, Elvirita y papá, hasta que el coche de Guillermo aparcó en la parte delantera de la casa, frente a nosotros. Cuando nos dirigíamos a la entrada, con Víctor por delante, me di cuenta de algo. Yo estaba demasiado ocupada en no perder atención a mi hermano, pero entonces, sin poder remediarlo, la mirada se me fue hacia él, todavía erguido junto al séquito de la servidumbre, totalmente ajeno a Víctor y con sus ojos clavados en mí. Mientras los demás daban efusivos saludos a mi hermano, él consiguió ponerme nerviosa con su penetrante mirada y su sonrisa pícara. Intenté camuflarme entre el barullo de la gente, pero no hubo manera porque papá me cogió del brazo y tuve que pasar justo por su lado. Si papá hubiese advertido el beso mudo que me lanzó, lo habría despedido sin más y yo a estas horas estaría llorando en mi cama, pensando en cómo hacer para meterme a monja y recluirme en un convento. Fue un beso disimulado, lanzado al aire como el que no quiere la cosa, y, como pasé muy cerca de él, el sinvergüenza me rozó la mano y para asombro mío introdujo un papel en ella. Cuando al fin pude hallarme a solas en mi habitación, desdoblé con cuidado el papelito, que muy discretamente me había guardado en un pliegue del vestido, y en él leí estas palabras, escritas de su puño y letra: «Nochebuena en albergue. Te esperaré dormido».

Nochebuena es mañana y mi casa estará abarrotada de gente. Todo el mundo estará demasiado ocupado para que todo salga a la perfección, y eso es lo que verdaderamente me preocupa. Si me fío de que no habrá nadie por los alrededores y en mi escapada me encuentro a Goyo vagando como siempre entre las sombras, no sabré qué decirle, ni qué excusa voy a dar a mamá y papá para mantenerme fuera de la fiesta. Tengo miedo de que alguien me descubra y entonces sí que la liaría.

Queridísimo diario, hasta dentro de dos días. Recuerda que mañana no podré estar por ti.

CAPÍTULO 5

A través de la puerta que comunicaba el vestíbulo con el salón principal, se oían murmullos de voces y melodía de violines. El vestíbulo, por el contrario, se mostraba desierto y silencioso, y solo Vico y Nicolás montaban guardia junto a la puerta principal, pendientes de las llegadas. Uno a cada lado, como guardaespaldas de la puerta, se miraban y se reían contándose sus cosas por así matar el tiempo hasta que llegasen los demás invitados, pero sus risas quedaban siempre entrecortadas por el sonido del timbre. De vez en cuando, Belinda o Julita salían del salón hacia las cocinas, a reponer.

A eso de las once, cuando ambos creían que todos los invitados habían llegado y ya habían perdido la compostura, alguien picó varias veces a la puerta. Cuando Vico abrió, descubrió que era el doctor Rosales, que llegaba tarde a su cita. Afuera hacía un frío de mil demonios, así que el joven les dijo «buenas noches» y dudó en dejarles o no su abrigo y su sombrero. Al cerrar la puerta se sintió un alivio sobrecogedor, porque el frío de la noche venturosa cortaba ansioso incluso los calientes cuerpos de los criados, que ahora conversaban con el doctor con la voz temblorosa por el frío que había entrado.

—¡Vaya! ¡Qué noche! —exclamó el joven doctor mientras se quitaba los guantes y les entregaba el bastón y el sombrero—. Estoy pensando en entrar ahí con el abrigo puesto. Tengo congelada hasta la sangre. ¿Siempre tiene que hacer este tiempo de mil demonios en Navidad?

—Por lo visto, doctor. Parece ser que si no hace frío no es Navidad —añadió Vico mientras esperaba a que se desprendiese de sus otras ropas.

—Bueno, ¿y hay buen ambiente ahí dentro? —preguntó el doctor Rosales mientras se quitaba la bufanda y el abrigo.

—Está bastante animado —dijo Nicolás—. Creo que ya están todos. Los señores se alegrarán de verle por aquí, doctor.

—Pues entonces, allá voy —exclamó decidido mientras depositaba el resto de sus ropas en manos de los dos hombres. Todavía no había entrado en calor y se frotaba las manos congeladas con nerviosismo.

En aquel preciso instante Serafín de Miñares salió de las puertas del salón principal. Al abrirlas, un incesante sonido de voces muy agrupadas resonó en el silencio del vestíbulo. Al cerrarlas, se escucharon de nuevo los murmullos y la música de baile, pero ahora más apagada. Serafín de Miñares dibujó una amplia sonrisa y abrió los brazos de par en par cuando vio a Ernesto Rosales dirigirse hacia él.

—¡Vaya, pensaba que no vendrías! —exclamó Serafín abrazando al recién llegado—. La fiesta ya hace rato que empezó. ¡Joder, Ernesto! Creo que te has quedado sin cenar.

—Feliz Navidad, Serafín —contestó el joven, respondiendo con el mismo abrazo y palmoteo de espaldas—. No sufra, ya he cenado en casa antes de venir.

—Pues la verdad —continuó Serafín de Miñares—, ya empezaba a pensar que no vendrías. La cena era a las nueve, ¿por qué no has venido antes?

—Mi madre estaba sola y he preferido cenar con ella. Para nosotros no deja de ser una noche triste.

—¡Mecachis, Ernesto! ¿Por qué no la has traído? —gruñó Serafín poniendo los brazos en jarra.

—Ella ya está muy mayor y, además, justo después de cenar me han avisado de una urgencia. Ahora vengo de la última visita del día.

—¡Ja, menuda broma! —volvió a gruñir el señor de la casa—. ¡Una urgencia en una noche tan señalada! La gente no debería ponerse enferma en estas fechas, carajo.

—Para ponerse enfermo no hay fechas, ni para morirse tampoco —agregó divertido Ernesto Rosales.

—Bueno, es igual. Pasa para dentro y tómate unas copas con nosotros —sentenció Serafín mientras le abría él mismo las puertas del salón principal—. Yo ahora voy. Se han terminado los puros y estos gorreros me piden más.

—Descuide —replicó Ernesto mientras entraba en el salón—. Espero que quede todavía algo de champán para mí.

—¿Estás de broma? En mi casa nunca falta ni champán ni buenos puros. Ahora te veo, muchacho.

Serafín de Miñares le sonrió y cruzó el vestíbulo en dirección a la sala de los trofeos, donde tenía todas las cajas de cigarrillos y puros, bien puestecitas en un armario cerrado con llave. Por otro lado, Vico y Nicolás, que habían improvisado un gran armario perchero en el salón del hogar, ponían de nuevo en orden los abrigos de los invitados. Algunos, del peso, se habían caído al suelo y los dos hombres tenían que ir de vez en cuando a vigilarlos. Para ellos aquella noche era tan aburrida como cualquier otra noche de fiesta en casa de los De Miñares. Demasiado protocolo para su gusto, pero en Nochebuena había paga extraordinaria, y sarna con gusto no pica.

—Pase, doctor. No se lo piense dos veces —dijo Nicolás,

más que nada porque deseaba sentarse y fumar un cigarrillo a solas con su compañero—. Ahí dentro se está bien, mucho mejor que aquí. Vaya, vaya...

—Voy, voy... —contestó el doctor, que pocas ganas tenía de fiesta, y cerró las puertas a sus espaldas con resignación.

De la agradable tranquilidad casi silenciosa del vestíbulo a la invasión de voces y personas de allí dentro, había una notable diferencia, pero a Ernesto le sobrecogió el ambiente cargado en calor. Seguía teniendo las manos congeladas y los pies le parecieron de cristal, y pensó que tal vez unirse a las parejas danzarinas era una buena idea para no llamar, como cada año, a sus molestos sabañones. En el salón una orquesta interpretaba valses encaramada sobre una tarima forrada de terciopelo verde y varias parejas bailaban en el reducido espacio libre dejado por los corrillos. El ambiente cargado le produjo una ligera tosecilla, pero pronto se sintió bien. Allí dentro hacía calor y para él fue como entrar en la gloria. Le sorprendió ver a tanta gente por todos lados y, aunque al principio no fue capaz de reconocer a nadie, a los pocos segundos pudo divisar, allá a lo lejos, a la hermosa Elena de Miñares, que conversaba con otras señoras sentadas en corro. Tuvo que pedir muchos permisos para llegar a ella, quien, en cuanto lo vio, se levantó enérgicamente para saludarle.

—¡Ernesto, querido! ¡Feliz Navidad! —exclamó Elena en medio de la multitud—. Ya pensábamos que no vendrías. ¿Qué ha pasado?

—Feliz Navidad, Elena. Lo de siempre. Una urgencia de última hora —dijo besando su delicada mano y emitiéndole una amplia sonrisa.

—¡Ay, Dios mío, las urgencias! —Elena sonrió sacudiendo la cabeza—. Bien, es lo mismo. Lo importante es que nos hayas podido acompañar. ¿Has cenado? Todavía queda algo en las mesas o, si no, que Julita o Belinda te traigan alguna cosa de las cocinas. Ha sobrado mucha comida.

—Ya he cenado, Elena. No se preocupe.

—¿Y no vas a tomar nada? ¿Una copa de champán?

—Sí, tomaré champán.

Elena se acercó a una de las bandejas que había en la mesita más cercana y le cedió una copa. Estaba hermosísima con su traje de crepé grisáceo y su nuevo recogido, y Ernesto Rosales enseguida advirtió que resaltaba demasiado del grupo de mujeres por su extremada delicadeza y elegancia, tan bien llevadas a pesar de sus cincuenta y seis años. También se dio cuenta de que le había estado esperando con ansia desde el comienzo de la fiesta, porque el reconocerle entre la multitud improvisó en ella un estado de ánimo demasiado alegre y efusivo. En sus miradas y ademanes todavía existía la coquetería de antaño, y Ernesto disfrutaba viéndola dirigirse a él con aquellas risas tan presumidas. Le recordaba demasiado a Cordelia, pero desgraciadamente le entristecía pensar que la hija fuera el doble de distante. La mediana de los De Miñares no se veía por los alrededores y el joven Ernesto esperaba el momento preciso para preguntar por ella, aunque enseguida vio interrumpida su conversación con Elena porque una de las mujeres del corrillo se dirigió hacia ellos con aire impertinente. Las demás se quedaron sentadas observando la escena desde sus sillas.

—Querida, ¿no vas a presentarnos a este caballero tan apuesto? Qué buen mozo, sí señor, ¿de dónde lo has sacado?

Elena de Miñares se giró altiva hacia su amiga y, algo molesta por la interrupción inesperada, presentó al muchacho sin muchas ganas. A Ernesto le pareció extraño el comportamiento poco cordial de Elena hacia su amiga, pero se limitó a sonreír sin mediar una sola palabra.

—Disculpad, os presento a Ernesto Rosales, médico y amigo de la familia. —Las mujeres sentadas en sus sillas sonrieron y asintieron a modo de saludo—. En esta casa es muy querido por todos.

—Ah, sí —dijo una señora de avanzada edad que se había colocado un monóculo para observar mejor al doctor—. Me han hablado mucho de usted, joven, y muy bien, por cierto. Su prestigio lo conoce todo Pontevedra.

—Buen mozo, sí señor, un buen partido para Cordelita —respondió de nuevo impertinentemente la primera señora, que de pie lo miraba de arriba abajo—. Joven, guapo, ¿qué más se puede pedir? Si no lo quiere tu hija, me lo pido yo, Elena.

La grotesca señora se echó a reír, contagiando su pícaro humor a las otras mujeres. No pasó así con Elena de Miñares, que de buena gana hubiese estrangulado a su amiga Federica por haber provocado una situación tan bochornosa entre ella y el doctor.

—Esos comentarios sobran, Federica —dijo Elena de muy mal humor—. Está claro que el champán se te ha subido a la cabeza. Anda, siéntate con el resto de cotorras y continuad poniendo verde al personal de mi fiesta, pues parece ser que es lo que se os da mejor a todas.

—Vamos, Elena, no te me enfades —dijo Federica de Hermosilla al mismo tiempo que sonreía al muchacho—. No nos hagas caso, joven, de algo nos tenemos que reír. Con champán o sin champán la vida es una boñiga. De nada sirve ser una amargada de la vida. Qué aburrimiento de fiesta si no fuera por nuestras bromas... Es guapa Cordelita, ¿verdad? Qué pena que ella no parezca corresponderte de igual manera...

—Federica, no me tires de la lengua —dijo Elena agarrándola del brazo y apartándola de Ernesto. Y muy bajito, mientras le clavaba las uñas en el brazo, le advirtió—: No me abochornes a Ernesto, con lo que me cuesta que dé un paso en firme con mi hija y vas tú y metes el dedo en la llaga. Estate calladita. ¿De acuerdo?

—¡Ay, déjame, boba! ¡Y suéltame, que me haces daño! —exclamó la mujer tratando de deshacerse de las garras de Elena—. Ese muchacho necesita un empujón, si no se declara de una vez a tu hija, tanto el uno como el otro van a quedarse para vestir santos. Mírale, tiene cara de medio tonto, nos mira y parece lelo. ¿Y ese es médico? Déjamelo a mí una sola noche y te lo devuelvo listo para declararse a Cordelita. Una pizca de picardía no le vendría mal, y a mí tampoco...

—¡Cállate, desgraciada! —le gritó Elena empujándola a donde el resto de amigas reían la bochornosa pelea—. ¡Qué más quisieras tú! Si estuvieras más por tu marido y no por los de las demás, no lo tendrías oliendo las bragas de esa niñita de veinte años. Limpia tu honra con un poco de educación y te ganarás el respeto de muchos.

Federica de Hermosilla de repente se alteró muchísimo y abrió los ojos y la boca como para desencajársele la mandíbula. Pareció que se desmayaba, y hubo un momento en que estuvo a punto de echarse al cuello de Elena, con los ojos inyectados en sangre y rechinando los dientes como el mismísimo diablo, pero lo único que hizo fue ponerse a llorar y salir corriendo hacia algún sitio donde poder ahogar su vergüenza y esconderse de la gente. El resto de mujeres se quedaron cabizbajas y algunas se levantaron, como el que no quiere la cosa, a bailar con sus maridos. Por su parte, Ernesto Rosales se había quedado boquiabierto ante tal situación, y de repente quiso desaparecer de aquel lugar donde el fruto de sus desvelos no se hallaba presente. Se sintió incómodo ante aquella descortesía femenina, pero cuando vio a Elena darse la vuelta tan airosa y dirigirse con brava disposición hacia él, la tensión de sus músculos pareció desaparecer y algo sí se relajó.

—¿Qué le ha dicho a esa mujer? —preguntó Ernesto Rosales, sorprendido ante la reacción de Elena y viendo a Federica de Hermosilla en su carrera desesperada.

—Nada que no sepa ya —respondió Elena—. Su marido se revuelca con una jovencita veinteañera desde hace medio año. Todos lo sabemos, pero le ha fastidiado que lo dijera en medio de todas. La mayoría tienen cornamenta para adornar las cuatro plantas de mi casa, a ver si ahora me respetan un poco más a mí y a mi entorno. ¡Ya estoy harta de esas monas de circo!

—Pero son sus amigas —añadió Ernesto, escandalizado.

—¿Esas? No, querido, las amigas se tienen en la niñez, cuando comparten tus juegos y tus secretos. Estas solo buscan chismes, les encanta criticarme, y no paran de buscarme defectos. Son las esposas de socios y amigos de Serafín, viejas y feas, remilgadas algunas y otras demasiado liberales en cuanto al sexo, tú ya me entiendes. Anda, ve a ver a Víctor, que está deseando verte. No pierdas más el tiempo conmigo, aún queda mucha fiesta para ti.

—Elena, lo siento, pero me he quedado exhausto. No sé si no debería irme a casa...

La bella mujer le empujó delicadamente hacia el barullo de gente.

—Vamos, vamos... Aún tienes mucho que hacer esta noche por aquí. No te preocupes por esa. Ya se le pasará, y a ver si de esta escarmienta y se acostumbra de una vez por todas a no meterse en asuntos que no le importan. Anda, hijo, diviértete. Vamos, vamos...

Ernesto Rosales se dio media vuelta y trató de olvidar el incidente de la señora despechada y atrevida, pero aún le duraba la conmoción del momento de la discusión entre ella y

Elena. Jamás dudó del carácter de doña Elena de Miñares, pero aquella noche confirmó que más le valía no llevarle la contraria, o saldría mal parado si algún día la contradecía. Qué brava, qué hermosa mujer y qué genio gastaba. Estar con ella le producía un placer inexplicable, quizá porque veía en sus ojos su aceptación como yerno y quizá también porque, aun siendo mucho mayor que él, emanaba la frescura de las jovencitas quinceañeras. Pero Elena de Miñares se quedó tristona, porque probablemente también para ella era más deseable su compañía que la de sus cotorras compañeras. Elena vio perderse a Ernesto Rosales entre la gente y de pronto volvió a sentirse inquieta, como antes de que el muchacho hiciera su llegada. Hacía ya bastante rato que no veía a Cordelia y se estaba empezando a sentir nerviosa.

Por entre el tumulto de gente, una de las criadas, Julita, que llevaba una bandeja a la altura de la cabeza, saludó al joven doctor y le ofreció unos canapés. Ernesto tomó uno diminuto y siguió hacia no sabía dónde. Bebió un poco de champán y caminó con cuidado para no verter el líquido, con la copa alzada. Entonces sorprendió las miradas indiscretas de tres jovencitas que estaban tomando naranjada sentaditas en una mesa. Dos de ellas desviaron la vista e hicieron creer que no miraban, pero la tercera, que estaba sentada en un extremo, seguía mirando descaradamente al joven: le sonreía. Ernesto tuvo que mirar varias veces para reconocer a Elvirita de Miñares, porque, aunque la sonrisa era la misma de siempre, algo había cambiado en ella, desde luego. Las otras jovencitas se empezaron a poner nerviosas cuando lo vieron dirigirse hacia ellas, tambaleando su copa de champán de un lado para otro y pegando pequeños mordisquitos del canapé. Ernesto se dio cuenta de que las dos muchachas comenzaron a reírse y a decirse cosas al oído. Elvirita en cambio le esperaba airosa y con una amplia sonrisa, totalmente ajena de las niñerías de sus amigas. Conforme iba aproximándose, Ernesto trató de concentrarse en conocer qué era lo que a Elvirita le veía de cambiado, y no le costó averiguarlo cuando por fin llegó a donde estaban las tres, sentadas en una mesa situada en un rinconcito del salón. La niña se había soltado las trenzas y había dejado su larga melena cobriza suelta sobre sus hombros. Se había hecho el mismo peinado de Cordelia, recogiéndose una parte del pelo y dejando el resto de la melena suelta, decorando la parte recogida con unas horquillas para así disimular el mechón blanco, que apenas ya se le notaba, y llevaba puesto un vestido de *soirée* de faya rosa recubierto de una túnica de gasa blanca y adornos de seda amarilla. Ernesto se acercó a ella y se sentó en una silla que había libre a su lado.

—Feliz Nochebuena —dijo Ernesto dirigiéndose a las tres—. Es una fiesta de lo más animada.

Las dos amigas de Elvirita contestaron al joven doctor con una tímida sonrisa y un «feliz Navidad» que casi no se escuchó. Cada una de ellas sostenía entre sus gráciles manos un vaso de naranjada y pronto volvieron a sus cuchicheos adolescentes. Elvirita las miró y sacudió levemente la cabeza. Se acercó al oído de Ernesto para hablar con él, porque el ruido de las voces y la música de violines no le dejaban hablar a sus anchas.

—Feliz Nochebuena, doctor Rosales —dijo Elvirita—. ¿Hace mucho que está en la fiesta?

—Pues no. Acabo de llegar.

El doctor Rosales admiró los ojos verdes de Elvirita y descubrió en ellos un brillo que no había distinguido antes. Nunca la había visto tan radiante. Ahora incluso le podía apreciar el buen color de las niñas sanas y supo que, desde el día de las frambuesas, Elvirita había empezado a crecer un poquito cada día. No la había visto desde entonces, y el verla ahora tan preciosa entre sus sedas finas de señorita le había hecho borrar de su memoria incluso el conjunto de pecas que hasta el día de las frambuesas se habían anidado en su cara. Sin percatarse de que las niñas cuchicheantes le estaban observando, el joven doctor rodeó sus dedos con uno de los mechones rizados de Elvirita, y la chiquilla se puso roja mientras las otras dos se divirtieron con su bochorno. La mirada se le fue bajando poco a poco y el corazón se le agitó por dentro, pero al escuchar las impertinentes risas de sus compañeras, Elvirita le propinó una patada a la que estaba a su lado, sin que Ernesto se diera cuenta del incidente. «¡Ay!», se oyó exclamar, y tanto le picó el puntapié que esa y la otra se levantaron y se fueron sin más. «¡Tontas!», dijo Elvirita riendo, y Ernesto Rosales rio con ella.

—Se mueren de envidia. Son unas tontas envidiosas —dijo Elvirita sorbiendo de su naranjada.

—Sin duda, tontas y envidiosas —respondió Ernesto dándole la razón—. En cambio tú estás radiante, Elvirita. ¿Dónde están tus trenzas?

—Oh, mis trenzas... —dijo la niña—. Mamá dice que ya tengo doce años y que en las fiestas como esta debo llevar la melena suelta, como mi hermana. Mañana volveré a enroscar mis cabellos en esas horribles trenzas, aunque me pese. ¿Cómo estoy más bonita? Sea usted sincero, doctor.

—Tú estás preciosa con cualquier peinado. —Sonrió—. ¿Qué más da lo que piensen los demás? ¿Tú cómo te ves?

—Bonita.

—Pues ya está.

—Pero bonita sin las trenzas —insistió—. Con trenzas me siento fea y desgarbada, como Belinda.

—Belinda no es ni fea ni desgarbada —corrigió el joven—. Belinda es una muchacha muy linda, pero tú no tienes nada que ver con ella. Tú eres como eres, bonita e inteligente.

—¿Y Cordelia?

Ernesto Rosales notó de nuevo el baile en su corazón. Volvió a recordar su búsqueda, su desasosiego por ver a la criatura más hermosa de todo su universo.

—¿Y Cordelia? —inquirió de nuevo la niña, y Ernesto Rosales titubeó como si no supiera lo que decir.

—¿Cordelia...? Pues Cordelia es bonita.

—¿Y ya está? —insistió.

—Pues sí, Cordelia es muy bonita.

—Ya entiendo. Yo soy bonita y Cordelia es muy bonita, lo que significa que Cordelia es mucho más bonita que yo. ¿No es así?

—Elvirita, no he querido decir eso. Las dos sois unas criaturas adorables, pero muy diferentes entre sí. —Ernesto creyó conveniente terminar aquella absurda conversación y se le ocurrió que bien estaría bailar un vals con ella antes de marcharse a ver a Víctor—. ¿Te gustaría bailar conmigo este vals? Tengo los pies realmente congelados y sería para mí un verdadero honor que tú fueses mi pareja de baile.

Elvirita dibujó una sonrisa de oreja a oreja y dijo que sí sin pensárselo dos veces. Le gustó la proposición y se puso contenta al mirar a su alrededor y no ver a su hermana Cordelia por ningún lado. No sabía ni dónde estaba ni qué andaría haciendo, pero le importó muy poco su ausencia y rogó a los cielos que nada ni nadie quebrantasen ese momento. Por su lado, Ernesto Rosales bailó mirando de un lado a otro esperando ver a la niña de sus ojos en algún rincón del salón, pero los pisotones de Elvirita, quizá provocados a propósito, lo sacaban pronto de sus cavilaciones, y a Ernesto le entraron rápido los pies en calor.

Llevaban dos bailes cuando de pronto unos brazos titánicos aferraron a Ernesto Rosales por las axilas y lo izaron en vilo sobre las cabezas de las otras parejas danzarinas. Elvirita arrugó el semblante porque quería seguir bailando con el doctor, pero se echó la mano a la boca y no pudo contener una carcajada. Por la voz, Ernesto enseguida reconoció a su amigo Víctor de Miñares, que antes de dejarlo en el suelo le soltó un «¡Ernesto, mi buen amigo!» que retumbó en el lugar.

—¡Mirad quién ha venido a visitarnos! —gritó Víctor con su ya tan evidente acento inglés—. ¿Ya no te acuerdas de mí, granuja?

—¡Pero bueno, Víctor! —dijo Ernesto todavía no salido de su *shock*—. ¿Me quieres matar de un susto?

—¡Abrázame, hombretón! ¿Cómo te van las cosas?

Ernesto advirtió el cambio absoluto de su mejor amigo y mientras lo escuchaba hablar no pudo remediar el sonreír mirándolo de arriba abajo, preguntándose cómo podía haber cambiado tanto desde la última vez que se vieron, ahora hacía un año.

—¡Vaya aspecto tan pintoresco, Víctor! ¡Quién te ha visto y quién te ve!

—He cambiado un poco mi imagen, ¿te gusta?

—Sí. Estás más..., más... ¿interesante?

Belinda pasó en aquel momento con una bandeja llena de copas de champán. Víctor cogió dos. Ya se tambaleaba a consecuencia de las numerosas copas que se había tomado.

—Toma y bebe, Ernesto —le dijo cediéndole una de las dos copas a su amigo—. ¿O acaso he interrumpido algo importante?

—¡Sí, estábamos bailando! —refunfuñó Elvirita.

—No bailamos demasiado bien, aunque he de reconocer que los pies me han entrado en calor a causa de los pisotones. ¡Venga esa copa! —dijo Ernesto agarrándola con ganas. Después miró para Elvirita, que ahora se había cruzado de brazos y esperaba a que su pareja de baile le dijese si seguir la pieza o no. Mientras tanto, Víctor se llevó la mano al bolsillo y sacó su cajetilla de tabaco—. Elvirita, guapa, ¿te importa que aplacemos este baile para luego? —le susurró Ernesto al oído.

—Sabía que me tocaría bailar con mis amigas o mi padre —dijo enfadada—. Pero no importa. ¡Adiós!

Y sin más dio media vuelta y se perdió entre el tumulto, triste y malhumorada.

—¡Ernesto, mi buen amigo! He perdido la cuenta de copas bebidas —rio el joven De Miñares—. ¡Pero que conste que no estoy borracho! ¡Brindemos por nosotros! —dijo izando su copa.

—¡Por nosotros! —exclamó Ernesto. Luego cogió otro diminuto canapé de una de las bandejas que había por allí encima—. Es mejor beber con el estómago lleno.

Víctor volvió a abrazar a su amigo y le cedió su pitillera, pero Ernesto la rehusó. Hacía casi tres meses que no fumaba e incluso el aroma a tabaco inglés que emergía de ella le molestó. Prefirió degustar el canapé de salmón y caviar.

—¡Ernesto, Ernesto, amigo mío...! —Víctor rio mientras escondía de nuevo la pitillera en su bolsillo. Era gracioso verle hablar y reírse con el cigarrillo en la boca. Entornaba los ojos para que no le entrase el humo y esa reacción le producía una graciosa mueca en todo el rostro—. ¿Sigues visitando a mi hermana Elvirita tres veces por semana?

—¡Qué bruto eres! Nunca he venido a verla tres veces por semana... —añadió Ernesto—. Si te oye se arma...

—¡Uy, sí, menudo carácter! Cada día se parece más a mamá. —Víctor rio—. Por cierto, ¿has visto a Cordelia? Esta hermanita mía parece un alma en pena, siempre perdida por cualquier rincón de la casa o paseando por los jardines. ¿La has visto?

Ernesto volvió a notar una avalancha de sangre en sus sienes. Cada vez que alguien le recordaba aquel nombre se le disparaban los ojos para todos lados, pero aún seguía sin verla.

—Pues la verdad, no la he visto. Seguro que anda por aquí, entre la gente.

—La vi hace una hora, más o menos. Me prometió un baile y la muy astuta desapareció en cuanto pudo. ¡Qué edad más difícil! Debe de estar enamoriscada y se esconde de las amigas de mamá antes de que le saquen el hígado a preguntas. ¡Menudas brujas! Pero, cambiando de tema, ¿a ti nadie te ha robado todavía ese corazón tan duro que tienes?

A Ernesto le dio por reír. ¿Por qué era tan graciosa esa pregunta?

—Pues no. Ya ves, Víctor. No —contestó con decisión y sin pensárselo dos veces—. Aún no he encontrado a la mujer que ha de ser para mí, supongo...

—Pues yo sí la he encontrado, Ernesto —dijo Víctor, y señaló descaradamente hacia un corrillo de jóvenes muchachas que bebían cóctel de frutas de pie junto a una robusta columna.

—¿Ves aquella jovencita pelirroja? Es Evangelina, mi prometida. Preciosa, ¿verdad? Ha cambiado demasiado desde la última vez.

—Muy bonita, sí señor —dijo admirando a la muchacha más grácil y sensual del corrillo—. No sabía que estabais prometidos.

—Ya te había hablado de ella, pero ni te acuerdas. Nuestro compromiso es oficial desde el martes. —Aspiró el humo de su cigarro inglés—. Quiero casarme con ella cuanto antes. Allí en Londres me siento muy solo. Tú ya me entiendes, Ernesto...

—Sí, claro —asintió Ernesto—. Un hombre no puede estar solo.

—Mírala, ¿la has visto bien? Parece un ángel —dijo Víctor mientras la observaba ensimismado—. Ven, te la presentaré...

Cuando Ernesto asintió sonriente a modo de contestación, de pronto se le cortó la respiración. Al principio creyó que lo que veían sus ojos no era sino una aparición celestial entre el tumulto de gente, pero, cuando Víctor le dio el palmetazo en la espalda, por suerte o por desgracia se despertó de su trance momentáneo. Cordelia atravesaba con prisas el salón y había pasado justamente por delante de Evangelina y su corrillo. Llevaba en la mano derecha un pastelito del que ni siquiera comía y en su dulce rostro, una expresión nerviosa e insegura. Esquivaba los piropos de los invitados más jóvenes que ni tan siquiera conocía y Ernesto enseguida intuyó que buscaba a alguien, porque miraba de un lado a otro levantando la cabecita como para poder divisar mejor. Ernesto la siguió con la mirada y, cuando su amigo le arreó el palmetazo, la perdió de vista.

—¡Joder, Ernesto! ¿Qué te pasa? —exclamó Víctor, que no se había dado cuenta de la razón por la que su amigo le había dejado de prestar atención—. ¿Me has escuchado? Quiero presentarte a Evangelina.

—¿Eh? —le preguntó todavía desconcentrado de su conversación—. Oh, sí, perdona, me he despistado un poquito. ¿Qué me decías, Víctor?

—¡Joder! Te decía que te iba a presentar a Evangelina, ¿recuerdas? Mi prometida...

Aunque simulaba escuchar, Ernesto seguía con la mirada las múltiples caras que bailaban a su alrededor mientras asentía con la cabeza, y Víctor enseguida se dio cuenta de que había alguien en el salón que le importaba mucho más que la presentación de Evangelina. Sacudió la cabeza y aprovechó que Belinda volvía con dos bandejas de copas para coger otra. Ya iba a por la novena.

—Mira, Ernesto, no sé lo que estás buscando por ahí —admitió Víctor con su acento inglés y con la lengua un poco tonta por el champán—, pero, si quieres que te sea sincero, te diré que se te ha puesto cara de gilipollas—. Víctor se rio enérgicamente y se bebió la copa de un solo trago—. ¿Qué pasa? Te has fijado en alguna chica guapa mientras hablábamos, ¿eh? —Rio picaronamente—. Corre, ve antes de que se te escape, ¡no seas tonto! Ya te presentaré a Evangelina más tarde.

Entonces Ernesto depositó unos segundos de atención para Víctor, porque cuando se marchó se tambaleó demasiado y se fue para atrás, cayendo y chocando con él. El amigo le agarró por las axilas, lo incorporó con verdadero esfuerzo y, cuando por fin lo vio erguido y feliz, decidió dejarle y seguir el rastro de Cordelia, quien ya se le había perdido desde hacía un rato.

Ahora se habían unido más parejas a la zona de baile y era mucho más difícil pasar entre ellas que antes. El ambiente cargado de humos y olores corporales empezó a hacerse insoportable y Ernesto rogó llegar pronto al otro extremo del salón, donde la gente estaba más dispersa y no tenía que comunicarse a gritos ni por señas. Pero no le fue posible. Una fuerte mano le apretó el brazo, parándolo en seco, y Ernesto adivinó enseguida quién le había interrumpido la búsqueda. Era Serafín de Miñares, que ahora bailaba con su esposa Elena formando parte de las múltiples parejas de la zona de baile, ampliada ahora a más de la mitad del salón. Parecía que estaba disfrutando, porque tenía una sonrisa de oreja a oreja y unos colores demasiado evidentes. Llevaba en una de sus manos un vaso de *whisky* con hielo. Elena, sin embargo, no parecía muy contenta. Estaba muy seria y Ernesto notó que el ceño lo tenía fruncido.

—¿Qué pasa, Ernesto? ¿Dónde te metes? —exclamó Serafín de Miñares sin dejar de bailar—. ¿Estás buscando a alguien?

—No —dijo rotundamente—. Es solo que me agobia este ambiente tan cargado de humo. Necesito que me dé el aire.

—¡Caramba, Ernesto! ¿Y qué esperas de una fiesta de Nochebuena? ¡Vamos, bebe y disfruta!

Serafín de Miñares también había bebido más de lo normal y Ernesto notó que su aliento olía a alcohol en demasía. Tenía los ojos más saltones que nunca y bailaba con demasiada vulgaridad. Muchas de las otras parejas cercanas se reían viéndole actuar de aquella forma y, por si fuera poco, llevaba la camisa desabrochada por los primeros botones del cuello y la corbata hecha un guiñapo en su espalda.

—Baila con mi esposa, Ernesto —le dijo mientras le cedía la mano de Elena, expuesta en el aire—. Se me ha acabado el *whisky* y necesito otro cigarro. Además, quiero ir a ver a mis reptiles. ¡Va, hombre, baila y diviértete! ¡Joder, quítate esa cara de tonto!

Elena de Miñares miró resignada al joven y le cedió la mano para seguir el vals. Tenía la mirada encendida y observó con desaprobación como su esposo se abalanzaba sobre las otras parejas haciendo tonterías hasta llegar a la puerta de la entrada. El ver a su marido en aquel estado le pareció tan deprimente que se vio obligada a cambiar su actitud desde que él se tomó el tercer *whisky*, que fue después de los otros dos y de las diez copas de champán que ya había tomado antes. Ernesto le notó cierta incomodidad y, aunque al principio no pensó en decirle nada, más tarde se le ocurrió hablarle al oído, única manera posible de comunicarse con ella y con quien fuese.

—No me apetece bailar —le susurró al oído—. ¿Quiere que nos sentemos?

—Todavía no —dijo Elena altivamente.

Estaba demasiado enfadada como para que alguien le llevara la contraria, y no iba a ser él quien se la llevase. Elena tenía la cabeza gacha y, aunque Ernesto no veía su rostro, sabía que continuaba con el ceño fruncido. Los ojos los tenía clavados en la impecable camisa almidonada del joven y no pareció tener muchas ganas de seguir una conversación. Elena no miró ni dirigió una palabra a Ernesto hasta unos minutos más tarde, cuando los ojos se le llenaron de lágrimas y ya le fue imposible aguantar el sofoco.

—Perdóname, Ernesto, no quiero ser grosera contigo. —Tragó saliva—. Esta noche no están saliendo las cosas como esperaba. ¿Has visto a Serafín? Está paseando su borrachera por todo el salón. ¿Qué pensará toda esta gente? ¡Dios mío, qué vergüenza!

Ernesto la miró compasivo y le pareció evidente su enfado. Sí, era cierto que Serafín se había pasado un poco con el alcohol aquella noche, pero casi todos los que por allí bailaban no paraban de hablar tonterías y bailar de forma grotesca, presas del alcohol.

—Esta noche casi todos están medio borrachos. Nochebuena solo es una vez al año. ¡No se enfade, mujer! ¡Deje que se divierta! Hoy todos parecen estar contentos... —añadió Ernesto siguiendo el vals.

—Todos no —le corrigió ella—. Mira allí.

Elena señaló hacia un punto del salón, cerca de donde había estado ella minutos antes con sus compañeras tertulianas. Sentada en una silla, con la mirada perdida y solitaria entre el tumulto, su hija Cordelia parecía no estar presente. Sostenía un vaso de naranjada entre las manos y de vez en cuando giraba la cabeza hacia los diferentes grupitos. Otras veces se llevaba la mano al entrecejo, como si le doliese la cabeza, y se la veía agotada y sofocada. Ernesto se alegró de que Elena hubiese sido la persona que le indicase dónde se encontraba el objeto de su búsqueda, sacrificada ahora por un absurdo vals, pero, aunque sintió una alegría muy justificada, le apenó el estado moral de Elena, que todavía tenía los ojos rojos a consecuencia de las lágrimas y suspiraba delicadamente, como por eso de tragarse el llanto.

—Hace unos minutos ha venido a buscarme —dijo Elena llevándose una de las manos a los ojos e intentándose secar las ojeras mojadas—. Vaya, no quiero que la gente vea que he llorado...

A pesar de que no estaban pendientes de la música, continuaron bailando. Ahora Elena estaba más calmada, pero Ernesto empezó a preocuparse. No comprendía qué tenía que ver Cordelia con el pesaroso estado de su madre. Quiso salirse del grupo de parejas hacia un lugar donde sí pudiesen hablar sin gritar, pero Elena prefirió quedarse en el barullo de parejas.

—Prefiero seguir bailando. No quiero que se me note esta preocupación, ¿sabes, Ernesto? Mi esposo está más contento que unas pitas, pero yo no. Ha bebido mucho esta noche y ya te habrás dado cuenta de que está insoportable. ¡Ya verás mañana! ¡Ay, pero no te preocupes! Si tiene resaca y dice que se muere, ¡que se muera! Pero a ti no pienso molestarte. Mañana es Navidad y también se comerá fuerte, pero estoy segura de que el asalto de esta noche durará hasta pasado mañana por lo menos. Te mentiría si te dijese que no estoy enfadada con él, pero, aunque me ha sofocado delante de todos, me contenta saber que las demás esposas sufren mi mismo bochorno. Ya se han tenido que marchar tres llevándose a rastras a sus maridos. —Por fin sonrió un poquito—. Deberían saber comportarse. No saben beber... Ni siquiera mi Víctor sabe beber, mírale, lleva la corbata atada a la cabeza y se tambalea de lado a lado.

Ernesto sonrió viendo el numerito de chiste de su amigo, quien en el centro de un corro de jóvenes bailaba con su corbata atada a la frente. Pero en realidad la escena que le interesaba era la de Cordelia sentada, sola y desvalida, rodeada de jóvenes apuestos a quien despreciaba sin más. La muchacha estaba agobiada, y se le notaba. Ernesto se preguntaba qué podía hacer para ser feliz un momento junto a ella sin ser despachado como los demás.

—Cordelia se está haciendo mayor muy deprisa y me tiene muy preocupada —añadió Elena—. Es una chiquilla tímida y, aunque no nos ha salido delicada en salud como su hermana, a veces se merece más atención que la otra. Ha estado picando muy poco esta noche y casi ni la he visto por aquí. La cuestión es que mientras bailaba con mi esposo ha venido a decirnos que le dolía la cabeza y que se quería retirar de la fiesta, pero su padre se ha puesto altivo con ella y le ha obligado a quedarse. Mírala, ¿qué crees que le pasa? No puedo entenderla, Ernesto... A veces me saca de quicio.

A Ernesto se le abrieron los cielos y le sobrevino un tembleque de piernas muy justificado. El corazón le pegaba pequeños saltitos en sus grandes pectorales y en su rostro se dibujó una amplia sonrisa que a Elena le pareció tranquilizadora.

—No creo que haya ningún problema —le sosegó cogiéndole las manos—, pero trataré de ver qué le pasa. Aquí dentro hay un ambiente muy cargado, si ella quisiera podríamos salir al porche y hablar sin tener que gritar.

—¿Salir al porche? —preguntó extrañada—. ¿No querrás escurrirte del baile, Ernesto?

—¡Pues claro! —volvió a tranquilizarla—. Déjeme hacer las cosas a mi manera.

Ernesto dejó a Elena de Miñares sola entre el tumulto, y se aventuró a esquivar a las cinco parejas danzarinas que rotaban a su alrededor y que le separaban de Cordelia. Elena no se quedó muy conforme y pensó que salir a los porches era una tremenda locura, pero pronto cayó en cuenta de que no debía dudar de las palabras del doctor y que por fin sus propósitos estaban empezando a tomar forma. «Lo que quiere este muchacho es besarla —se dijo a sí misma—. Qué tonta soy, pues claro que es por eso. Necesitan intimidad, y eso es algo que aquí en la vida van a encontrar». Y se sorprendió sonriendo y mirando a la nada, con los ojos haciéndole chiribitas y con mil mariposas danzándole en el estómago. La cosa iba bien.

Cordelia cada vez quedaba más cercana, pero parecía casi imposible llegar a ella por culpa de las parejas que bailaban por todos lados. Estaba sentada en una silla de respaldo alto, de color verde aceituna, y junto a ella había otra silla del mismo color, solitaria como ella. Al lado de esa silla solitaria cuatro sillas más con dos parejitas de adolescentes tonteando descaradamente, hijas ellas de amigos de los De Miñares e hijos ellos de unos socios de Serafín. Cuando Ernesto Rosales se abrió paso hacia ella y los ojos de la muchacha lo vislumbraron entre la multitud, se puso tan nerviosa que no supo dónde mirar, y comenzó entonces a agitar su abanico celeste, porque del bochorno le dio un mareo. Ernesto Rosales, que por su parte también estaba bastante nervioso, se envalentonó y se sentó en la silla solitaria, y le brindó la mejor de sus sonrisas. Había que probar suerte.

—Todavía no es tarde para desearte feliz Nochebuena, Cordelia —le dijo—. ¿Cómo estás? ¿Te diviertes?

—¿Divertirme? Pues no mucho —se sinceró la muchacha—. Odio estas fiestas en las que estás obligado a hacerles creer a todos que lo estás pasando bien.

—Tienes razón —le respondió Ernesto—. Comparto lo que piensas. Yo también me siento raro entre esta gente de tanto postín. La gran mayoría está borracha, algunos han perdido la compostura. En serio, no sé cómo pueden beber tanto...

—A mí me duele la cabeza —le dijo entonces Cordelia—. Preferiría subir a mi cuarto y descansar, pero papá no quiere que abandone la fiesta. Ha bebido, ¿sabes? Y cuando bebe nadie le puede llevar la contraria.

—¿Cómo es el dolor? —le preguntó.

—Continuo —respondió la muchacha echándose mano a la

cabeza—. Empezó en las sienes, pero ahora los pinchazos son por toda la cabeza. Supongo que es jaqueca.

—Para despejarte lo mejor que puedes hacer es salir al porche a tomar un poco de aire. Yo te acompañaré.

—¿Al porche? ¿Estás loco? —dijo brava—. ¿Quieres que coja una pulmonía? Me duele la cabeza, pero aún sigo en mis cabales.

—Solo quiero aliviar tu dolor de cabeza con un poco de aire fresco. Te aseguro que a mí también me vendrá bien salir de esta fiesta.

—No creo que esa sea la solución —dijo indignada—. Lo único que necesito es retirarme a mi habitación.

—Cordelia, tu padre no permitirá que abandones la fiesta sola —insistió el joven doctor—. Está tan borracho que no te cree y te abochornará delante de todos. En cambio, si te ve conmigo, no pondrá objeción, al menos eso espero.

—¡Pero yo no quiero salir al porche!

La muchacha, indignada, se levantó de sentada como estaba y quiso huir corriendo, todo le estaba saliendo mal aquella noche, pero de repente pensó que quizá ir con el doctor Rosales a los porches era lo mejor, y que posiblemente la única alternativa era permanecer al lado del joven hasta que fuese preciso.

—Desde luego es una idea descabellada —dijo agitando la cabeza y mirando a cualquier parte que no fueran los ojos del joven doctor—, pero está bien, saldré contigo al porche. Tú eres médico, sabrás lo que se hace.

—Estupendo —respondió él, y tan rápido como pudieron sus pies ambos se escabulleron de la fiesta y de las miradas indiscretas de las gentes.

La música de valses retumbaba en la cabeza de médico y paciente, y el jolgorio de voces, cantares y gritos se convirtió para ellos en un taladro para su cerebro. El joven doctor abrió una de las hojas de la puerta y ambos salieron al vestíbulo. La oscuridad y el silencio de la estancia les hicieron pensar que estaban solos, pero Vico y Nicolás seguían haciendo guardia en la puerta principal de la gran casa. Dentro, rodeada de gente y escondida detrás de una columna, Elena no dio crédito a sus ojos y sonrió triunfante viéndolos salir. «Ahora la besas y la enamoras de una vez, bobo, que es lo que a esta niña le hace falta», pensó, y siguió sonriendo así, feliz.

—Vico, tráeme un chal que abrigue —le ordenó Cordelia al criado, que ya hacía tiempo había perdido algo de compostura— y el abrigo del doctor, por favor, vamos a salir.

—Sí, señorita —respondió sin más, pero por el camino se fue frotando las manos heladas.

—¡Frío del *carallo*! —exclamó Nicolás mientras su compañero se sumergía tambaleándose en el improvisado guardarropas del salón del hogar—. ¿No pensarán salir con este tiempo?

—Sí, Nicolás —contestó el doctor Rosales, y no dijo nada más hasta que Vico apareció con su abrigo y el chal de Cordelia—. Y a vosotros no os iría mal que os diera también un poco de aire. ¡Por Dios, que estáis de servicio y no os tenéis en pie!

—Ay, doctor, hoy es Nochebuena, y estar aquí de pie es tan aburrido que nos hemos bebido una botellita de champán entre los dos —dijo Vico escondiendo tras de sí varias botellas descorchadas y vacías—. Y este frío tan intenso no se calma solo con palmetazos.

—¿Pero qué os pasa a todos hoy con el champán? —rio el doctor abriendo la puerta principal y dejando entrar el frío navideño—. Anda, seguid contando batallitas antes de que os desploméis.

—¡Y ustedes no se congelen ahí fuera! —exclamó Nicolás—. Hay que ver, Vico, lo difíciles que son las parejas de hoy día, que se juegan la salud con tal de estar solitos.

—Qué va, Nicolás. La señorita no está bien y le va a dar el fresco. Venga, enciende un cigarro antes de que entren. ¡Y cierra esa puerta, que entra un frío del *carallo*!

—¿Tú te has propuesto que nos despidan hoy a los dos? No pienso encender otro cigarrillo, ¡y deja de abrir botellas!

Los criados los vieron salir al porche cabizbajos y encogidos, y cerraron la puerta. El ambiente del vestíbulo se había acostumbrado al calor emergente que el abrir y cerrar de las puertas del salón emitía, pero ahora que habían abierto las puertas principales una tiritera se apoderó de los dos y maldijeron al frío y a todos los que estaban en la fiesta, incluyendo a los dos muchachos. Afuera, Ernesto y Cordelia se acercaron a la barandilla de las escaleras y la muchacha se encogió de hombros y rodeó su cuerpo con sus propios brazos. El chal no le era suficiente y tiritaba de frío. Parecía un ángel bañada en el resplandor de la luna, toda cubierta de esa aura virginal que tanto destacaba en la penumbra tenue, y miraba a la lejanía del paseo de los olmos con un velo evidente de nerviosismo. Se apoyaba en una de las columnatas que daban pie a la escalinata y sorprendida se preguntó qué estaba haciendo allí a solas con Ernesto. Se sintió ridícula allí plantada frente al paseo de los olmos, congelada y junto al hombre que embelesado la observaba a veces, cuando no distraía su mirada hacia su mismo punto de visión. Respiró profundamente y se acurrucó aún más en su chal de lana. Lo tenía muy cerca, porque le rozó con su chaqueta en uno de sus brazos, pero más que incomodidad sintió alivio. Él le habló y ella le miró de reojo. Tenían ambos las mejillas congeladas y las narices rojas como tomates.

—¿Te sientes mejor? —preguntó el doctor Rosales.

—Sí, mucho mejor —contestó Cordelia castañeando los dientes.

—Es triste la noche, ¿verdad? —añadió Ernesto mirando a la lejanía, buscando un tema poco comprometedor del que hablar—. Tan silenciosa, tan oscura si no fuera por esa hermosa luna llena... Las Navidades siempre fueron tristes para mí. Desde que mi padre nos dejó y mi madre enfermó de las piernas no me gustan las celebraciones. ¿Qué piensas tú de la Navidad, Cordelia?

Cordelia se encogió de frío y suspiró profundamente mirando hacia la luna llena. Lo único que quería era subir a su habitación y capitanear una batalla de la que aún no sabía si saldría victoriosa, pero desde que empezara la fiesta de Nochebuena no paraban de aparecerle obstáculos interrumpiendo sus propósitos. La muchacha observaba la luna como quien mira una imagen religiosa clamando misericordia, pero nada funcionaba aquella noche, no existía una pizca de compasión para ella, y, a pesar de estar acompañada por el doctor Rosales, Cordelia se sentía tan sola y desgraciada que a punto estuvo de ponerse a llorar.

—Para mí la Navidad es hermosa —dijo entonces, desviando poco a poco la mirada hacia Ernesto Rosales—. Une a las familias, nos hace a todos iguales. La Navidad es mágica, pero está claro que no todo el mundo es feliz en Navidad.

—¿Tú eres feliz? —le preguntó Ernesto, tragando saliva y adelantando unos pasos hacia ella.

—¡Claro que soy feliz! —respondió Cordelia, simulando una desbocada sonrisa—. Soy muy feliz. Sí, muy feliz.

—Hoy en cambio no se te ve así, ¿algo te preocupa? Puedes contármelo.

—Me duele la cabeza, eso es todo.

—Antes has dicho que te sentías mucho mejor...

—Y así es, me siento mejor, pero sigue doliendo. ¿Podemos entrar ya, o hemos de esperar a que los dos cojamos una pulmonía?

Ernesto Rosales la miró mientras se acurrucaba en su chal, muerta de frío. La muchacha había devuelto su mirada al paseo de los olmos y se le notaba molesta y brava. Se apretaba los brazos con las puntas de los dedos por así entrar en calor, y nerviosa se mordía los labios. Cordelia se empezaba a impacientar. Por su parte, el joven, que se moría por ofrecerle el más ardiente de los abrazos, de repente quiso acercarse, pero en cuanto la muchacha notó su proximidad se le escabulló enérgicamente y con sus rizos rubios golpeó sin querer la cara del doctor. La agitación de los cabellos de Cordelia no fue brusca en absoluto y a Ernesto le pareció que con aquel roce le había regalado una caricia inconsciente.

—Cordelia, ¿qué te ha dado? ¡Por poco me sacas un ojo!

La muchacha se había trasladado a la puerta principal y lo miraba con aire desconfiado. Se le había revuelto la hermosa mata de pelo y a la luz de la luna ahora semejaba una princesa gitana.

—¿Qué es lo que pretendes, Ernesto? —le exclamó desde el lugar donde se hallaba, pegada a la puerta principal—. Traerme aquí ha sido idea de mi madre, ¿verdad? ¡Como si lo viera! ¿Pretendías abrazarme, Ernesto? Pues sintiéndolo mucho he de decirte que no quiero nada contigo, así que ya le puedes ir diciendo a mi madre que deje de atormentarme con sus líos de celestina y que yo ya soy mayor para tomar mis propias decisiones.

Entonces Ernesto, que se había quedado inmóvil en el primer escalón del porche, aun rotos su corazón y su gallardía, fijó su mirada en los ojos de Cordelia y le dijo, muy seriamente:

—No te hagas ilusiones, niña Cordelia. Lo único que quería era calmar tu frío con mis brazos y mantener una charla de amigos. Jamás querré nada contigo, pues no mereces ni mi amor ni mi apoyo. Le diré a tu madre que ya eres mayor, que ya tienes edad para tomar tus propias decisiones, pero también le diré que eres un ser sin compasión y presumido que se imagina que todos los hombres le van locos detrás. Anda, entra y sube a tu habitación. Diré a todos que te sentías un poco indispuesta y que sobre todo no te molesten. Espero que el dolor de cabeza haya menguado, eso si es que alguna vez ha existido.

La bella Cordelia le miró sorprendida. De pronto un rubor incandescente le recorrió todo el cuerpo y le encendió las mejillas. Quiso ponerse a llorar y no supo si pedirle perdón o mandarlo al carajo. Lo único que se le ocurrió fue decir:

—¿Puedo subir a mi habitación, entonces?

—Sí, vete. Buenas noches, Cordelia.

La muchacha se dirigió hacia la puerta con la mirada perdida. Tenía la sensación de que había metido la pata hasta el fondo y su conciencia estaba hecha trizas. Notó los pasos del joven a sus espaldas y su proximidad cuando picó a la puerta. Su dulce aliento le rozó una parte de la nuca y sintió con él un alivio de calor, pero estaba hecha un lío y el estómago se le puso del revés. Se mordisqueó el labio por así vencer su nerviosismo y se frotó los brazos mientras esperó impaciente a entrar al vestíbulo. Cuando Vico y Nicolás abrieron la puerta, un velo sobrecogedor los invadió por completo. Pasaron adentro abandonando el sonido de las aves nocturnas, y ahora el ambiente de la casa les pareció más agradable que antes, solo que Cordelia se despidió del joven nada más entrar. En un vano intento por mirarle a los ojos le dijo «Buenas noches», y sin más se dirigió hacia la escalinata de mármol, donde subió peldaño a peldaño con un peso en las piernas que apenas sí la dejaba avanzar. «Que descanses, Cordelia», oyó decir a Ernesto, y cuando llegó a su habitación cerró la puerta de un portazo y se desplomó sin consuelo en lo alto de su cama. «Te odio, mamá. Te odio —dijo reprimiendo un grito ahogado al morder las ropas del camastro—. Por tu culpa me he convertido en el ser más despreciable de todo el universo. Lo siento, Ernesto, lo siento...». Y culpando a su madre de su desdicha mojó con su llanto sus sábanas, desconsolada y hundida.

CAPÍTULO 6

Abajo quedaba Ernesto, abatido y sin aliento, congelado como en el momento en que llegó a la fiesta, pero ahora con un sabor amargo en la boca del que no podía desprenderse. Quería desaparecer de aquella casa lo antes posible, huir en su Ford T todo lo lejos que pudiera, y luego acabar en los dulces brazos de su madre paralítica, quien a buen seguro sería la única persona que iba a entender su tristeza. Tanto esfuerzo para nada, tantas ilusiones por lograr un momento a solas con esa bellísima sílfide de cuento de hadas, para acabar convirtiéndose en trozos de esperanza rotos. Se echó la culpa a sí mismo y a las seis copas de champán que se había tomado, pues el alcohol da coraje y eso le perdió, sin duda. Pero Ernesto Rosales tenía orgullo, y ahora lamentarse era absurdo. Llevaba el abrigo puesto, su semblante no tenía expresión, como quien mira al vacío sin ver nada, y dirigiéndose hacia Vico y Nicolás les pidió que le facilitaran ya su bufanda y su sombrero. Era hora de marcharse.

—¿Tan pronto, doctor? —dijo Nicolás, quien sacó su reloj de pulsera y se lo acercó a la vista sin apenas ver qué hora marcaba.

—¿Qué hora es? —preguntó el joven.

—Van a ser las doce y cuarto, doctor. ¿No entrará al menos a despedirse?

—Tienes razón, Nicolás. He de despedirme de los De Miñares o me criticarán todo el año por haberme ido sin decir nada. Tomad mi abrigo, pero no lo guardéis mucho, en unos minutos salgo de nuevo.

Ernesto intentó sonreír, aunque no le salió más que una mueca, y se dirigió de nuevo hacia las puertas del gran salón. Para nada le apetecía regresar al antro de diversión en que se había convertido la fiesta de Nochebuena, pero debía despedirse y comunicar a los De Miñares que Cordelia se había retirado a descansar. El ritmo de la música volvió a martillear su cerebro y al entrar de nuevo en la fiesta volvió a sentir un calor que a su pesar acogió con ganas. Ahora pocas eran las personas que estaban sentadas, y por el contrario eran muchas más las que bailaban y reían con verdadera alegría por todas partes, cogidos la gran mayoría por la cintura a modo de tren. «Dios, dame fuerzas», se dijo el muchacho cuando se vio envuelto en aquella demente atracción, y como pudo se escabulló del tren humano que se empeñaba en engullirlo hacia tan ordenada diversión. Ahora su meta era encontrar a Elena o a Serafín, y eso era lo más complicado.

En el vestíbulo, Vico y Nicolás siguieron con su guardia apoyados en las columnas de al lado de la puerta principal. Parecían dos fantasmas inertes bajo la luz artificial de las lámparas que colgaban como tremendas arañas del techo artesonado, y ambos se dieron cuenta de que ya habían perdido totalmente la compostura de unas horas antes. Encima de una baja mesita esperaba una bandeja de pastas y turrones, y detrás de las cortinas de uno de los ventanales siete botellas de champán vacías daban muestra de su desmedido aplomo. Cenaron mucho antes de las ocho, pero ahora estaban agotados, borrachos y asqueados de esperar. Ambos deseaban marcharse a descansar, pero ninguno podía moverse de allí hasta que el último invitado abandonara la fiesta. Cuando Ernesto desapareció del vestíbulo los dos volvieron a sentarse en el suelo y siguieron hablando de sus cosas.

—No hay derecho —dijo Nicolás mientras sacaba de su bolsillo una pequeña botella de *whisky*—. Ellos ahí divirtiéndose y nosotros aquí tan tiesos y aburridos como los olmos del paseo.

—Así es la vida —contestó Vico—. Los ricos, ya se sabe... Anda, dame un trago.

—¡Y tú para ya de beber! —exclamó Nicolás harto de ver a su compañero empinar el codo—. Te has bebido tú solito seis botellas de champán y ahora me pides de mi *whisky*. Nos van a echar a los dos por tu culpa. Si Goyo te ve de este palo es capaz de avisar a don Serafín y ponerte mañana mismo de patitas en la calle. ¡Anda, levántate si puedes!

—Es que no puedo —se lamentó Vico intentando ponerse de pie sin tambalearse—. A ver, ¿cuántas horas llevamos de pie? Entre unas cosas y otras llevamos tres días sin descansar. Yo estoy que me caigo...

—Yo también estoy cansado, pero nos pagan doble por estar aquí esta noche. Trata de aguantar, Vico, que si alguien sale por esa puerta y nos ve aquí sentados y borrachos, se nos cae el pelo. Venga, cómete un pastel y a ver si te espabilas.

—¿Un pastel? —Vico rio—. Una buena hembra es lo que me vendría bien esta noche, con unas tetas bien grandes y bien morcillona, que tenga por donde agarrarse...

—Va, Vico, tú está claro que no tienes remedio...

—Je, je, qué rico... Sí, señor, unas tetas bien grandes. —Vico se relamió, y Nicolás comenzó a reírse con él, pues de algo tenían que hablar.

Entre el follón de allí dentro era prácticamente imposible encontrar con la vista a Elena o a Serafín de Miñares. Los corrillos que bailaban de un lado para otro iban raptando a los que como Ernesto Rosales trataban de escabullirse, pero el paso del joven médico era rápido y pudo escapar sin problemas. Cuando Ernesto vio a Elena allí al fondo, mirando al exterior a través de un ventanal, respiró con alivio, pues deseaba verla para poder decirle adiós y desaparecer cuanto antes de la comprometida fiesta. En el momento en que Ernesto reapareció ante los ojos de Elena, esta se agitó como una serpiente, y con su meneo de caderas fue hacia el muchacho con cierto desasosiego, soltando de inmediato la cortina olivácea y cogiendo al muchacho por las manos.

—¿Has hablado con ella? —le preguntó ansiosa—. Parece que no habéis estado mucho tiempo. ¿Cómo está? ¿Te ha dicho algo?

—No hace noche para estar mucho tiempo más ahí fuera —dijo Ernesto tratando de tranquilizarla—. Cordelia está bien, solo le duele un poco la cabeza. No se preocupe por nada. Le he dicho que se meta en la cama y que intente dormirse.

—Pobrecita, se ha venido quejando toda la noche de ese dolorcillo de cabeza, pero ya te he dicho que Serafín es mucho Serafín cuando bebe... Subiré a verla.

—No, Elena —le dijo Ernesto, tajante—. Déjenla descansar. Está cansada, eso es todo. Mañana estará mucho mejor, ya lo verá.

—Ay, Ernesto —sonrió animada—. Muchas gracias. Cada vez estoy más segura de que quiero que formes parte de la familia.

Ernesto ensombreció su rostro. En aquel momento aquellas palabras eran lo último que quería escuchar.

—En fin, Elena, me temo que debo marcharme ya. Ha sido un placer venir a su fiesta de Nochebuena —dijo besando las manos de la anfitriona—. Mi pobre madre me espera.

—Oh, no puede ser que quieras irte ya. Pero tu madre..., es lógico. Venid los dos a la comida de mañana por Navidad —le rogó Elena.

—No, Elena. Ni mi madre ni yo celebramos estas fechas desde que mi padre murió. Espero pueda entenderlo.

—Sí, claro, lo entiendo.

—Gracias de todas maneras.

Volvió a besar sus blancas y delicadas manos, y tras esto el joven médico eludió de nuevo los corrillos danzarines y se fue en busca de la puerta de salida. Elena tragó saliva y suspiró intranquila.

Estaba ya muy cerca de la puerta de dos hojas cuando Serafín de Miñares le gritó desde un corrillo de hombres que no paraban de hacer el tonto y se le acercó dando botes. Había perdido mucha de su gallardía y llevaba atada la corbata a la cabeza. Ernesto admitió que sin duda aquella era la peor Nochebuena de su vida.

—¡Joder, Ernesto! ¿Dónde te has metido? —exclamó Serafín mientras palpaba su chaqueta—. Tienes esto más frío que un cubito, ¿acaso alguien te ha echado encima su copa de champán?

—No, no. Es que he salido un rato fuera con Cordelia —afirmó.

—¿Con nuestra Cordelia? —preguntó extrañado—. ¿Y eso? ¡Ay, pájaro!

—Le dolía la cabeza y me la he llevado un momento afuera. Parece que se ha espabilado, pero la he mandado a su habitación. Necesita descansar.

—¿Ah, sí? —preguntó vacilante—. ¿Subo a verla?

—No, mejor no —dijo el médico—. Que nadie la moleste esta noche.

—¡Así se hará! Yo hoy quiero divertirme —exclamó Serafín de Miñares, y de repente lo cogió del brazo y se lo llevó hacia un corrillo de hombres que jugaban con sus copas montadas en sus cabezas. Competían para ver quién de ellos estaba en mejor forma, pero se caían para atrás de la risa y provocaban todos ellos un jolgorio incesante.

—Lo siento, Serafín, pero me tengo que ir a casa —dijo el pobre Ernesto, que luchaba por marcharse de allí—. No puedo quedarme por más tiempo. En serio, es una fiesta de lo más entretenida, pero...

—¡Anda, bobo! —dijo Serafín—. Quédate un poco más, no seas el primero en marcharte...

Y cruzándose de brazos fue testigo de cuantas simplezas hicieron Serafín y sus amigos hasta un buen rato después.

Arriba todo era silencio y penumbra. La bella Cordelia se miraba al espejo y se sentía nerviosa mientras se arreglaba el recogido del pelo. Temblaba mientras recordaba que el reloj había avanzado demasiado y que posiblemente su plan ya era un fracaso desde sus comienzos, pero no quiso echarse para atrás. Intentó dejar de pensar en el incidente del porche, y lo fue consiguiendo por momentos. Lloró de rabia hacia su madre y de compasión hacia Ernesto, y, aunque sin querer el pensamiento le trajo la imagen del joven doctor, sacudió la cabeza varias veces llamándose tonta frente al espejo. Él no le importaba tanto como creía y pensó que culparse por haber sido grosera con él no le serviría de nada. Ya había sido demasiado bochornoso que Ernesto la hubiese criticado de presumida y de ser una persona sin compasión. Respiró profundamente. La palidez de su rostro ahora parecía más sobresaliente que nunca y en el reflejo se vio hermosa, pero débil. Sintió una sensación extraña cuando de pronto le invadió la realidad de su plan, algo así como un escalofrío que le recorrió de pies a cabeza. Cordelia sabía por qué había fingido ese dolor de cabeza, y también sabía que arriesgaba demasiado aquella noche.

Lo pensó varias veces antes de decidirlo, pero súbitamente se dijo que sí, que ya había llegado el momento, que posiblemente no saldrían las cosas bien, pero que debía arriesgarse.

Martín la esperaba desde Dios sabía cuándo en el albergue y, aunque era muy tarde, quiso cumplir, a su modo, una promesa. Ante la indecisión había destapado las sábanas con ánimos de acostarse, pero cuando por fin tuvo claro su plan abrió su cómoda y sacó de sus entrañas una vieja manta que metió bajo el ropaje de la cama. Después de amontonarla en diferentes posturas, la tapó. Su intención era buena, pero por muchas posturas que probó ninguna se acercaba a su perfecta figura humana. Buscó otra manta más pequeña y la unió al revoltijo de ropa, y replegó los ropajes de la cama hasta que consiguió por fin que en lugar de las viejas mantas, pareciese que era ella quien descansaba apaciblemente bajo las cobijas.

Todavía llevaba puesto el chal de lana que Vico le diera para salir al porche, pero por encima se echó una manta pequeña para vencer mejor al frío. Volvió a mirarse al espejo y pensó en lo descabellado que era lo que pensaba hacer, porque había preparado una fuga por el tejado que daba al desván y el vestido de fiesta era demasiado engorroso. «¿Y si se me engancha y me caigo?», pensaba mirándose en el reflejo, viéndose cada vez más pálida y difusa. Pero no tenía demasiado tiempo para andarse con monsergas, ni tampoco para cambiarse de vestido. Todavía frente al espejo, se persignó.

Cuando abrió la puerta de su habitación se aseguró muy bien de no ver a nadie por los alrededores. Goyo siempre daba rodeos por toda la casa y a Cordelia no le apeteció en absoluto tener que esquivarle. También temía tener que darle demasiadas explicaciones si la descubría, aunque en aquella ocasión, afortunadamente, no se las hubo de dar. No lo vio ni lo escuchó en toda la santa noche y eso la sorprendió. Tampoco recordó haberle visto durante el día. Normalmente caminaba taciturno por los corredores de las habitaciones o de la planta de abajo y era tan silencioso que tenía la particularidad de sorprenderla en el más inesperado momento y en el más recóndito lugar.

Cordelia afinó el oído e intentó escuchar algo que no tuviese que ver con la música de baile y la achispada conversación de Vico y Nicolás, que desde el vestíbulo criticaban a la familia De Miñares y de vez en cuando contaban chistes por pasar el rato, pero no escuchó nada más. Había cerrado muy sigilosamente la puerta y caminó de puntillas hasta llegar a la planta de las estatuas y los lienzos. Le asustó mirar a las figuras que inertes y silenciosas parecían observar todos sus movimientos, y de los nervios le pareció ver a Goyo saliendo de detrás de una de ellas, enfadado por sus andanzas nocturnas. También se vio a ella misma, en su pose coqueta y cursilona, balanceándose en su columpio y sonriendo mudamente en el apartado de los lienzos. El resplandor de la luna se había fijado en su cuadro, además de en las estatuas, y de pronto se imaginó sonriéndose a sí misma con dientes de vampira y ojos de demonio. Giró rápidamente la cabeza y le entraron unas ganas inmensas de gritar y volver a su habitación, pero anduvo unos pasos más e intentó tranquilizarse. Creyó escuchar ruidos y pasos a sus espaldas, y temblaba con los ojos bien abiertos por eso de no asustarse, pero en realidad nunca estuvo más asustada que aquella Nochebuena. Jamás le parecieron tan reales las estatuas familiares, ni tan burlones los lienzos al óleo. Hasta los indiscretos espejos de marcos dorados lograron asustarla con su propia imagen difuminada entre las sombras, y por primera vez Cordelia se preguntó por qué serían tan eternos los corredores de su majestuosa casa bajo la luz de la luna.

Estaba bien cerca de la escalerilla del desván cuando de pronto la voz de su padre se oyó desde la planta del vestíbulo.

Se quedó paralizada y sintió el corazón en la boca, pero suspiró con alivio cuando escuchó que lo único que su padre hacía era regañar a los dos criados, que de tanto darle a la botella de *whisky* y al champán ya habían perdido todo control sobre sus palabras, sobre todo Vico, al que oyó hacerle burla y quien logró sacar a su padre de sus casillas. Cordelia retrocedió a ciegas y con cuidado unos cuantos pasos hasta que llegó de nuevo a la escalinata de mármol, y cuando alcanzó la fría barandilla se agachó bien y observó lo que pudo a través de los barrotes. Escuchó en silencio.

—¡Pero bueno! ¿Qué es esto? —escuchó gritar a su padre—. ¿Qué hacéis ahí tumbados? ¡Arriba, hombre, arriba!

Serafín de Miñares tenía la voz temblorosa y Cordelia advirtió que ahora la lengua se le trababa el doble. Desde allí arriba vio a Vico y Nicolás, tumbados uno a cada extremo de la puerta, y le impresionó que su padre, arrastrando su deshonrosa y evidente borrachera, estuviera tan tieso y gallardo como siempre. Se tambaleaba un poquito cuando se quedaba quieto, eso sí lo percibió, pero se aguantaba en pie. Ellos sin embargo no. Vico se levantó como bien pudo, empuñando el botellín de *whisky* y, aunque Nicolás le dijo que se callase y se estuviera quieto, el otro se postró ante Serafín con un alto grado de prepotencia. Casi no podía hablar, porque él solito se había bebido cerca de media botella de *whisky* y siete de champán.

—Señor don Serafín de Miñares —se le oyó decir—, nosotros también tenemos derecho a divertirnos... ¡Hip! ¿A que sí, amigo Nicolás?

Nicolás, que estaba mucho más sobrio que Vico y que nada más ver levantarse a su compañero se puso en pie, asintió con la cabeza y clamó a Serafín de Miñares disculpas. Vico se le colgó del cuello y a pique estuvieron los dos de caerse al suelo.

Desde su escondite en la barandilla, Cordelia pensó en que era realmente patético ver cómo tres borrachines discutían a un tiempo. «Sí que han caído bajo los tres —pensó—, sobre todo mi padre».

—¡Calla, pasmarote! ¿Quién te has creído que eres para hablarme así? —exclamó Serafín de Miñares levantando la voz y las manos.

—Pues usted también la ha enganchado fuerte, así que no tiene derecho a culparnos —inquirió Vico con un dedo amenazador—. Además, es Navidad.

—¡Esto es absurdo! ¡Incoherente! —gritó Serafín de Miñares muy exaltado—. ¡Nunca un empleado se me había rebelado así! —Se calmó un poquito cuando miró para Nicolás y descubrió que estaba lloriqueando—. ¿Y a ti qué te pasa?

—No le haga caso, don Serafín —gimoteó Nicolás con su compañero colgado a su cuello—. Ha bebido mucho y no sabe lo que dice. Estábamos aburridos y nos hemos animado con el botellín de *whisky*. Ninguno de los dos quisiéramos que usted se enfadase con nosotros...

—¿Ah, no? ¿Y qué queréis que haga? ¿Os subo el sueldo por este espectáculo grotesco? —volvió a gritar—. ¿Qué pasará cuando se retiren los muchos invitados que quedan por irse? ¿Quién les va a devolver sus abrigos? —Se rascó la zona del bigote y pareció que eso le permitió saber qué hacer—. Lo único que se me ocurre es avisar a Goyo y que os lleve al albergue. No sé por dónde anda, pero enseguida acudo con él. ¡No os mováis de aquí!

A Cordelia se le congeló la sangre. Miró de nuevo a su alrededor y le volvió a parecer que Goyo salía de una de las estatuas de mármol, sonriendo burlón, aunque apenas sí sonreía. Escuchó cómo su padre abrió las puertas del salón, más que nada por el bullicio de dentro, y a los pocos minutos lo vio salir acompañado de dos hombretones que por las voces le resultaron familiares. No le costó adivinar quiénes eran, pues desde allí arriba pudo divisar la silueta de su hermano Víctor y de Ernesto Rosales.

—Buscad a Goyo, debe estar escribiendo sus cuadernos en la biblioteca o vigilando desde cualquier rincón de esta santa casa —exclamó Serafín de Miñares.

—Papá, a esto no hay derecho. ¿Por qué no les dejas que entren en la fiesta y se mezclen con los demás? Cuando todos se larguen que se dediquen a buscar sus abrigos ellos solitos, ¿o son tontos o mancos?

—No digas tonterías, ¿quieres que mañana sea el hazmerreír de todo Pontevedra? Va, no os durmáis en los laureles y rapidito encontrad a Goyo!

—Yo..., yo lo siento, pero mi madre me espera en casa. No puedo quedarme, tengo que irme —dijo entonces Ernesto Rosales.

—¡Ni hablar, Ernesto! Tú buscas a Goyo, ¡y parad ya de llevarme la contraria, joder!

Cordelia desde arriba respiraba nerviosa. Por cada lado que miraba le parecía verme asomando la cabeza, ya detrás de las estatuas, ya detrás de las puertas. «¡Goyo, Goyo!, me cago en todo, ¿dónde estás?», escuchaba gritar a su padre desde la biblioteca, y desde la planta de las habitaciones Ernesto Rosales y Víctor abrían y cerraban las puertas sin obtener respuesta. De pronto Cordelia vio una sombra lejana que atravesaba el resplandor de la luna entre las estatuas. Intentó no respirar y se escondió sin apenas moverse tras un pie de porcelana que estaba junto a la barandilla, y no le costó averiguar que aquella sombra lenta y espectral era el mayordomo que había estado solo Dios sabía dónde sin producir el más leve sonido. Se quedó petrificada mientras le observaba caminar hasta llegar a la zona de las escaleras, donde la muchacha pudo apreciar con seguridad que sí era él y donde le escuchó gritar un: «¡Estoy aquí arriba!» que también oyeron los demás. Serafín de Miñares, que ya empezaba a estar cabreado y que entre unas cosas y otras ya no podía remediar no mantenerse en pie, corrió como pudo desde la zona de su despacho y la biblioteca al vestíbulo, y allí esperó impaciente hasta que su fiel mayordomo apareció bajando sin prisas las escaleras.

—¿Dónde estabas, maldita sea? —gritó Serafín de Miñares apoyado en la barandilla de la escalinata magistral—. ¿Dónde estabas?

—Oí ruidos y subí a las plantas de arriba, don Serafín —explicó Goyo tranquilo.

—¿Ruidos? —preguntó Serafín con los ojillos apagados—. ¿Qué clase de ruidos, Goyo?

—Pasos —respondió.

Cordelia, desde la planta de las estatuas, tembló y apretó los dientes con ánimo de rompérselos. Era posible que Goyo, el águila avizor, la hubiera visto escabullirse entre la oscuridad de la última planta. Quizá aquellas sombras burlonas no habían sido causadas por el resplandor de la luna. De repente, quiso correr hacia su habitación y cobijarse entre las ropas de su cama. Todo iba a ser un desastre por culpa de Goyo.

—¿Pasos? —oyó entonces decir a Ernesto Rosales, y el corazón se le disparó cuando siguió—. Cordelia subió a su habitación hace un rato. Pudieran ser sus pasos lo que escuchaste.

—Es posible, además ya he visto que Cordelia descansaba plácidamente en su cama —respondió el mayordomo, y desde arriba Cordelia, escondida todavía tras el pie de porcelana, a punto estuvo de desvanecerse—. He preferido, no obstante, echar un ojo por todas las habitaciones y hacer mi guardia completa por las dos plantas. Todo en orden, don Serafín.

—Bien, bien —dijo entonces Serafín de Miñares, todavía apoyado a la barandilla de la escalinata de mármol. Y dando muestra de su enfado, levantó su dedo índice apuntando amenazante a los dos criados, diciendo—: Pero lo que ahora a mí me interesa es que los guíes al albergue. Hay que llevar a este par de... ¡Bueno, a este par de esperpentos allí! Míralos, hay que ver lo que hace el alcohol...

—Ya veo... —dijo Goyo dirigiendo una mirada recriminatoria hacia sus dos compañeros—. Esto sí que no me lo esperaba. ¡Qué bochornosa situación, don Serafín!

Arriba y tras su sorpresa, Cordelia sonreía contenta. Si Goyo se marchaba para el albergue, ella estaba libre de sus garras. Además, ya no tendría que bajar por los tejados, ni exponerse a caer desde la gran altura de la casa, ni desgarrarse ni mancharse el vestido, pues ni Vico ni Nicolás harían guardia en la puerta principal. Escuchó las quejas de los criados por no querer marcharse y los gritos de Serafín de Miñares diciéndole que no tardase mucho en regresar, que alguien se tendría que encargar de los abrigos. Ella, impaciente por salir de su escondite, esperó. Primero salieron Ernesto y Víctor sujetando entre los dos a Vico y Nicolás, que no pararon de decir tonterías y de lloriquear. El último en salir fue Goyo, que tras tranquilizar a Serafín y dejarlo de nuevo dentro de la fiesta, se dispuso a coger su abrigo y se marchó.

Cordelia, no obstante, no hizo ningún movimiento hasta que no pasaron unos pocos minutos después de que el mayordomo cerrara las puertas. Cuando vio que ya ningún obstáculo le iba a impedir atravesar el vestíbulo y la puerta principal, la muchacha perdió todos sus miedos y bajó la escalinata de mármol como una bala. No era su intención perder a los cinco hombres, porque aunque conocía bien el camino del albergue y estaba relativamente cerca, le pareció que estaría más segura yendo tras ellos. Atravesó la solitaria puerta principal, dejando atrás el incesante sonido de los corrillos y la música de baile del salón, y cerró muy cautelosamente, sintiendo de nuevo el gélido helor de la noche en sus mejillas y en todo su ser. Se tapó con ánimos de quitarse el frío del cuerpo, aunque sus intentos fueron vanos, porque el viento soplaba glacial desde todos los puntos y no bastaba con refugiarse en los delicados tejidos de que hacía uso. Su chal de lana le pareció de pronto de seda fina porque apenas notó su calor, y el único consuelo que sintió fue gracias a la pequeña manta, que le abrigó gran parte del cuerpo. Cordelia decidió pues que una carrera sería su mejor aliada para vencer al frío y no perder a los cinco hombres, que ya habían dejado atrás el pozo de Elvirita y los jardines del este. Rodeó el porche con cuidado y desde allí pudo ver las figuras de los cinco hombres que se dirigían al albergue, situado a unos ciento cincuenta metros de la casa de los De Miñares. Cordelia, que se iba echando maldiciones a sí misma por llevar unos zapatos poco adecuados para correr, atravesó a tropezones los jardines del este hasta situarse detrás de los hombres, escondiéndose tras los viñedos que separaban su casa del albergue, y procuró no hacer ruido, porque justamente Goyo iba el último del grupo. Sermoneaba a los dos criados, que andaban apoyados a Ernesto y a Víctor, y ahora había cogido una rama del camino y trazaba dibujitos mientras caminaba poco a poco, porque el peso de los criados no permitía ir con demasiada prisa a los dos jóvenes. Como iba detrás, debía respetar el paso de la cofradía. Tan solo el canto tenebroso de los búhos acompañaba a la sacrílega pandilla, que ahora rompía el sagrado silencio de la noche, y Cordelia, tiritando de frío y maldiciendo su lentitud, comenzó a impacientarse. «A este paso no llegaremos ni mañana», pensó. Y anduvo lenta como los demás.

—¡No me lo puedo creer! —exclamó Goyo mientras tropezó con un pedrusco y dejó caer la rama—. ¿Queréis que os echen? A la próxima yo mismo me encargaré de que os larguen al carajo. ¡Ya lo veréis!

—Goyo, no te sulfures —dijo Ernesto Rosales—. ¿Qué te pasa? Nunca te había visto tan molesto. Estamos en Navidad, por Dios. ¡Deja que se emborrachen los chicos!

—¡Ni hablar! —gritó enfadado—. Estando en horas de servicio, ¡no! Cuando se queden a solas, entonces que se beban el *whisky* que quieran, pero en horas de servicio no. A ver qué necesidad teníamos de pasar este frío... ¡Mañana se van a enterar estos!

—Frío desde luego sí que estamos pasando —admitió Víctor, que ya se empezaba a cansar de sus quejas—, pero somos nosotros los que cargamos con los dos muertos. ¡Joder, cómo es mi padre! ¡Con lo bien que me lo estaba yo pasando!

Mientras escuchaba la conversación de los tres hombres, Cordelia también tropezó con el mismo pedrusco escondido entre las hojas caídas, y aunque se magulló una pierna y se rompió un leotardo, siguió adelante. A pesar de que le separaban de ellos unos cuantos metros de distancia, tuvo que esconderse rápidamente entre unos arbustos cuando Goyo miró para atrás. Dio gracias a sus jóvenes y veloces reflejos, aunque se hizo daño en un brazo cuando se tiró tras las hierbas y tuvo que contener la respiración.

—¿No han oído algo? —susurró—. Juraría que he escuchado el crujir de unos pasos... ¡Maldita sea! ¡Tenía que haberme traído una de las lámparas de gas de la casa! Con las prisas de don Serafín no me ha dado tiempo de pensar en nada.

—¡Bah, Goyo! —exclamó Víctor—. ¿Lámpara de gas para qué? ¡Si hay luna llena! Ya podrías echarnos una mano y dejar de quejarte tanto, ¿no? ¡Me estoy baldando la espalda!

—¡Calle, señorito Víctor! Juraría que he oído algo detrás de mí —siguió susurrando, y caminó sigilosamente en dirección a los matorrales—. Es como si alguien nos siguiera...

—¡Será alguna ardilla! —exclamó Ernesto—. Anda, Goyo, ve ahora tú delante y ábrenos la puerta. Estos dos parecen de plomo y yo también tengo la espalda reventada.

No estaba muy convencido, pero Goyo paró de caminar en torno al escondite de Cordelia y ella al fin pudo respirar.

—Goyo, por Dios, ¿quieres dejar tu fino oído para luego y abrir esa maldita puerta? Estos dos no son peso de pluma, precisamente —dijo Ernesto.

—¡Y encima se han dormido! ¡Malnacidos! —exclamó Víctor casi sin aliento, que después de tantas copas de champán no iba a aguantar mucho más el peso.

—¡Ya voy, ya voy!

Esta vez Goyo adelantó con paso rápido a los cuatro hombres y enseguida llegó al albergue, cuya puerta de madera estaba cerrada con el golpe y solo tuvo que empujar y entrar. El albergue era una casa de dos plantas: en la de abajo había un pequeño comedor, una cocina mediana y un patio trasero; arriba, cinco habitaciones donde dormían todas las noches los empleados de los De Miñares. Sin embargo, aquella noche la mayoría de ellos estaban en la gran casa, pendientes, muy pendientes de que no faltara nada en la fiesta. Dentro estaba oscuro, completamente, y Ernesto y Víctor también ahora se recriminaron no haber cogido alguna lámpara de gas.

—¡Joder, qué oscuro está esto! —exclamó Víctor, que había entrado después de Goyo arrastrando a Vico y no se atrevía a dar un solo paso.

—No griten. Guillermo y Martín deben estar durmiendo. Entren y no cierren la puerta —dijo Goyo muy bajito, ayudando al fin al pobre joven que se quejaba cada vez más de su espalda—. Ya verán como pronto se les acostumbra la vista a la oscuridad. Primero subiremos a Vico, que es el más pesado. Usted, doctor, quédese aquí un minuto con Nicolás. Siéntese en esa silla, si acaso. A Nicolás puede dejarlo en ese sillón. Ande, señorito Víctor, cárgueme a Vico a la espalda.

El joven Víctor así lo hizo, y mientras lo subieron por las escaleras le sostuvo el cuerpo a sus espaldas, por si se caía. Ernesto se quedó abajo, pendiente de la puerta y del adormecido Nicolás, que no paraba de lloriquear y de rogarle que no se lo dijese a su esposa Basilisa. Hacía demasiado frío allí dentro, pero si cerraban la puerta la poca visibilidad que tenían desaparecería. El joven doctor se apretujó el abrigo y tranquilizó a Nicolás diciéndole que sus labios estaban sellados. Mirara adonde mirara, todo era oscuridad.

A unos metros del albergue, Cordelia salió de entre los arbustos y se aseguró bien de que los cinco hombres ya estuvieran dentro. Los había visto entrar, pero no se fiaba de Goyo. Anduvo de puntillas hasta llegar a la puerta y sonrió triunfante cuando vio que la habían dejado abierta. Las ventanas estaban cerradas y conforme se iba acercando se fue dando cuenta de la oscuridad y el silencio que invadían el lugar. Con mucho cuidado, pues, la joven Cordelia comenzó a entrar con pasitos cortos en la estancia del albergue, pero retrocedió al escuchar la voz de Ernesto Rosales emerger de la negrura de dentro.

—No diré nada, Nicolás —oyó que decía—, pero es igual que yo no lo diga, ya se encargarán los demás de que se enteren ella y tus hijas.

—No, por favor, que me matan —se lamentó Nicolás con la lengua trabada—. Qué vergüenza. Creo que voy a vomitar...

—Ni se te ocurra, porque esta noche solo me faltaría que me vomitases en los zapatos. Anda, espabila que ahora te subimos a tu habitación. ¿Quién me mandaba a mí salir de mi casa esta noche? —y esta vez era Ernesto Rosales quien se lamentaba.

—Quiero irme a dormir, quiero irme a dormir —rezaba como en una letanía el pobre Nicolás.

Todavía postrada en la entrada y arqueando su cuerpo hacia la puerta, Cordelia miró hacia el lado derecho de la planta baja y descubrió con sorpresa un castañear de dientes y algo parecido a un rezo que provenían de dos sombras sentadas en los sillones que estaban junto a la escalera de las habitaciones. Allí dentro estaba más ciega que otra cosa, porque no fue capaz de tener una visibilidad clara, pero, cuando escuchó la voz temblona de Ernesto Rosales haciendo callar el rezo interminable de Nicolás, no supo cómo reaccionar y de repente pensó en entrar con la rapidez de una flecha y esconderse en un rincón del lado izquierdo de la casa. Allí de pronto palpó el pomo de una puerta a sus espaldas, y sin pensárselo dos veces se deslizó tras ella sin saber dónde se había metido. Lo hizo con el mayor de los sigilos y aunque desde allí no veía nada y por ella se filtraba el frío directo de la noche, prefirió dejarla entreabierta. Por lo menos allí estaba segura. Temblaba de frío y de nerviosismo, y aquella noche que ella había imaginado como la más hermosa de su vida se estaba empezando a convertir en la peor de sus pesadillas. Nunca había estado en el albergue. Desconocía sus corredores y rincones, pero sabía que en alguna de las habitaciones de arriba él la estaba esperando. «Ya voy, mi amor. Ya me tienes aquí», pensó. Se dio cuenta de que tras ella mal colgaban unas chaquetas, porque en uno de sus movimientos nerviosos rozó una de las mangas y por poco no le dio un soponcio cuando se le cayó una encima, pero luego sonrió aliviada y se colocó la más larga sobre sus hombros. Estaba en el armario. Poco a poco su vista se fue familiarizando con la oscuridad del lugar, y advirtiendo que Víctor y Goyo no aparecían se esforzó en estudiar la planta baja. Necesitaba conocer al menos la colocación de los muebles, porque así, cuando los hombres se marchasen y cerrasen la puerta, era menos probable la posibilidad de caerse o tropezar con alguno de ellos. En la entrada lo primero que se veía era la puerta del armario, ahora su escondite, situada nada más entrar en el lado izquierdo, al lado de una de las ventanas. Entre la puerta del armario y la principal se podía ver un paragüero metálico, y un poco más al frente, nada más entrar, una chimenea apagada con un gran jarrón encima de la cornisa y un par de sillones se postraban al lado de la escalera de las habitaciones. Para su alivio, pocos muebles adornaban la planta baja. Supuso que la puerta de la cocina estaría muy cerca del armario que la escondía, porque desde allí Cordelia pudo apreciar un intenso olor a jamón curado.

Tras unos diez minutos que a ella le parecieron interminables, y mientras todavía seguía paseando la mirada alrededor de la pequeña planta, Cordelia pudo ver desde allí dentro el cuerpo erguido de Goyo bajando las escaleras de manera magistral, como cuando bajaba la escalinata de mármol de la gran casa. Su hermano Víctor esperaba arriba, apoyado con aspecto cansado en la barandilla. Goyo, con voz bajita, llamó a Ernesto.

—Chsss, doctor Rosales. Prepare al otro.

El joven doctor se levantó del sillón donde se sentaba, agarró a Nicolás de uno de sus brazos y lo pasó por su cuello.

—Cárguemelo a la espalda —le señaló el mayordomo. Parecía increíble que su cuerpo delgado tuviera tanta fuerza física.

—¿Por qué demonios habéis tardado tanto? —susurró Ernesto colocando a Nicolás en las espaldas de Goyo—. ¿Dónde carajo os habéis metido?

—Allí arriba no se ve nada —dijo Goyo aupando a Nicolás a sus espaldas y subiendo poco a poco los escalones—. No estamos seguros de haberlo metido en su habitación, pero a mí me da igual. Yo lo único que quiero es volver a la gran casa, que es donde deberíamos estar todos nosotros. No. Mejor no suba usted. Espérese aquí y vigile la puerta.

—¿Viene el otro muerto o qué? —exclamó Víctor desde lo alto de la escalera.

—Sí, sí, pero ayúdeme, señorito Víctor.

Y habiendo dicho esto, los dos hombres y Goyo desaparecieron en la oscuridad de la planta de las cinco habitaciones.

—No tardéis demasiado —replicó Ernesto Rosales acercándose al quicio de la puerta de la casa—. Si veo que tardáis, os juro que me largo.

Dentro del armario Cordelia ya estaba llegando al límite de su paciencia. Allí dentro hacía frío. Se sentó en un rinconcillo, donde se cobijó con las chaquetas que se habían caído al suelo con sus movimientos, y esperó. Tiritaba. El corazón le daba saltos en su pecho y el estómago le daba pinchazos. «Que se vayan de una vez. Que se vayan», se decía mientras trataba de calentarse con las ropas caídas en el suelo, y pareció que se tranquilizó un poco cuando oyó a Goyo y a Víctor que bajaban de nuevo.

—Venga, ya podemos irnos —dijo Goyo.

—Sí, vayámonos ya —se quejó Víctor.

Y en el quicio de la puerta esperaba Ernesto Rosales, impaciente como nunca y con una fuerte tentación en su cerebro.

—Sé que voy a arrepentirme de esto, Víctor, pero necesito un cigarrillo —dijo.

Sacando su pitillera y sin hacer ningún tipo de comentario, Víctor le ofreció un cigarro y él se encendió otro. Para Ernesto ese sería el primer cigarrillo después de tres meses de abstinencia.

—Anda, Goyo, vámonos ya.

El mayordomo dio un vistazo rápido a la planta baja antes de subirse el cuello de su abrigo y cerrar la puerta, dejando la casa en la más completa oscuridad.

En el armario se hizo también el silencio y las tinieblas más absolutas. Ahora Cordelia tan solo era capaz de escuchar su propia respiración, acelerada, y aun estando envuelta en la penumbra decidió salir de su escondite. Abrió con temor la puerta semiabierta, se levantó poco a poco e intentó colocar en sus perchas las chaquetas que la habían cobijado del frío, que parecían estar vivas, y cuando estuvo fuera del armario trató de visualizar el mobiliario estudiado de hacía unos minutos. No le fue difícil. Sabía que él la esperaba bajo aquel mismo techo y no quiso perder más tiempo. Caminó con los brazos extendidos y los ojos muy abiertos, pues desde que Goyo cerrara la puerta la luz que entraba por la única ventana era muy escasa y poco se podía ver. Cuando la muchacha tocó el brazo aterciopelado de uno de los sillones supo que estaba al lado de la escalera, y entonces giró su dirección hacia la izquierda y tuvo mucho cuidado de no tropezar con el primer escalón. Subió los escalones uno a uno, con las piernas blandas, asustada por lo que podía pasar si alguien se enteraba de su más desquiciado capricho, arrastrando su mano por la pared rasposa, violentada por una náusea contenida. Repitiendo: «No tengo miedo». Obligando: «Tengo que ser fuerte». Pensando: «Tengo frío». Deseando: «Necesito estar a tu lado». Dudando: «¿Y si descubren las mantas?». Tranquilizando: «No va a pasar nada malo».

Diez escalones separaban el pequeño vestíbulo de la planta de las cinco habitaciones. Y un corredor, un corredor oscuro, tenebroso, donde el sonido siseante de quien duerme se convierte en murmullo de aparecidos. Tanto miedo tuvo la pobre que cerró los ojos de golpe, y tanteando la pared de repente encontró la primera puerta del tabique derecho. Estaba cerrada y bastante separada de la escalera, y fue al abrirla cuando golpeó su rostro el hedor violento e insoportable de un aliento impregnado de alcohol. Obviamente, uno de los dos criados reposaba su melopea en aquella habitación. Volvió a encajar con cuidado la puerta y probó suerte en el segundo tanteo, donde encontró otra puerta que cedió nada más tocarla. Dentro el vacío fue penetrante y, como la vista se le empezó a acostumbrar a la oscuridad, bastó una ojeada para ver que no había nadie. Con el corazón en un puño siguió tanteando y esta vez se topó con un cuadro que ni tan siquiera se veía. Estaba roto por un lado y mal colgaba de la pared. Después notó con sus manos otro quicio y apoyó su oído en la puerta cerrada. De su interior emergió un gruñido hosco, seguido de un breve silbido que no llegó a ronquido austero. «¿Será esta su habitación?», se dijo abriendo con cuidado la puerta y viendo entre las sombras un cuerpo que soñaba sobre la cama destapada. «Ronca», se dijo, pero advirtió que no era Martín cuando apoyada en el quicio de la puerta oyó la voz de Guillermo, el chófer de su padre, hablar en sueños. «¡Ay, no, que es Guillermo!», se lamentó, y enseguida volvió a dejar la puerta como estaba. Entonces descubrió que se había quedado sin pared y que las otras dos habitaciones se mostraban escondidas en la pared de enfrente. «Solo quedan dos, y en una me estarás esperando, mi amor», se dijo, y notó latir a su corazón con más fuerza que nunca. Como ya tenía acostumbrada la vista a la intensa oscuridad, Cordelia descubrió que en la pared izquierda del corredor solo había una mesita redonda con un florero de margaritas en el centro del tabique y dos enormes cuadros a cada lado. Pero en el fondo del corto corredor, bien escondido, un pequeño pasillito albergaba dos puertas más, una al lado de la otra. La casa insistía en esconder a su bello durmiente en su silencio macizo, pero al descubrir que una de las puertas estaba semiabierta se le ofreció un nuevo misterio en su interior, donde, aparentemente clara e inoperante, una imagen se encendió lúcidamente en su pantalla imaginaria. La luz de unas velas y un intenso olor a rosas invadió los sentidos de la muchacha, y en ese momento ella captó la indirecta.

Martín estaba durmiendo en su alcoba, con su bello cuerpo tumbado y tapado hasta la cabeza sobre el confortable colchón, bajo las acogedoras mantas de invierno. El jardinero, por fin, apareció nítido y completo para los ojos excitados de Cordelia, y un velo de alegría apareció como sonrisa en su linda cara. Se acercó cuidadosamente al lecho en el que el joven descansaba sonriente, posiblemente porque soñaba con ella, y Cordelia lo vio realmente entero, cercano, cálido como las mantas que lo cubrían. Sin embargo, la mano que se acercó a la cama fue la misma que despertó al cáliz deseado, porque el muchacho se asustó apenas sintió sobre su cara unas manos dudosas y delicadamente frías. Martín se incorporó con energía sobre su cama y se echó para atrás. Cordelia también se asustó y retrocedió espantada.

—¿Qué pasa? —exclamó Martín—. ¿Quién es?

—Soy yo —dijo la muchacha con un hilillo de voz—, Cordelia.

Martín permaneció callado durante unos segundos, los necesarios para poder abandonar el mundo de los sueños y regresar al que toda la noche había estado esperando. Se frotó la cara con la mano y sonrió aliviado. Se rascó la cabeza y bostezó todavía sentado en la cama.

—¿De dónde sales a estas horas? —dijo bajito—. Te he esperado desde las diez. Debe de ser casi la una...

—Tuve problemas —respondió Cordelia—. Pensé que no podría venir. Me arriesgo mucho con esto, ¿sabes?

—¿Y si te descubren? —dijo Martín a media voz—. Lo primero que harían tus padres sería despedirme.

—Muy bonito, ¿eso es lo que más te importa? Recuerda que fuiste tú quien me invitó a venir.

—Lo sé, lo sé —añadió el muchacho mientras le hacía ademán para que se acercara a él—. Pensaba que no vendrías. Anda, acércate, estás tiritando.

Cordelia se aproximó tímidamente hacia su lecho y se sentó a su lado. Todo su cuerpo temblaba. Estaba allí, con su chal de lana y la pequeña manta atados a su cuerpo, tan cerca de su amado Martín como nunca lo estuvo, con aquel aroma a rosas mezclado con el excitante olor del cuerpo del jardinero. Se estremeció.

—Qué bonita estás, Cordelia —dijo Martín acariciándole el cabello—. Te juro que no estaba seguro de que fueras a venir.

—Me lo he pensado mucho —añadió ella—. Ya te he dicho que me juego mucho viniendo aquí. Y ahora dime, ¿para qué querías que viniese?

—Pensaba que lo sabrías —rio irónico.

—Pues no —dijo Cordelia retirándose rápidamente de su lado, sintiéndose comprometida y culpable a la vez—. ¿Hay algo que quieras decirme?

—Quería estar a solas contigo, tonta —añadió sorprendido al ver que la muchacha se alejaba de su lado, molesta—. En los jardines es imposible hablarte y cuando lo hago me evitas. Desde la tarde de la tormenta no he podido hablar contigo y no sabes cuánto te he echado de menos.

Cordelia bajó la mirada. No supo qué responder. Hubiera deseado abrazarle y decirle lo mucho que lo quería, y también refugiarse entre las cálidas ropas junto a él, porque tenía frío. Pero no dijo ni hizo nada. Entonces lo vio levantarse de la cama y escuchó atenta sus pasos desnudos dirigiéndose a la puerta para cerrarla sigilosamente después. Luego de cerrarla Martín devolvió sus pasos a donde ella se encontraba, y de repente la muchacha notó un aceleramiento de su pulso. «¿Qué estoy haciendo aquí? —se preguntó—. Esto está mal. Quiero irme a casa». Pero en su interior sabía que era perfectamente consciente de lo que hacía allí sentada, postrada en la cama de Martín, provocándose incluso moratones en los brazos por así apretarse más el chal y la manta y soportar mejor su tembleque, más relacionado con los nervios que con el frío, y también tenía absoluta seguridad de que irse a casa le iba a dejar un sabor demasiado amargo en la boca. Entonces intentó no pensar. Solo cerró los ojos y esperó. «Te quiero, Cordelia», le pareció escuchar mientras la mano de Martín le acariciaba el cabello y la nuca. «¿Me quieres tú también?», volvió a parecerle escuchar, pero no pudo coordinar sus pensamientos ni sentidos hasta que esa misma mano le invitó a recostarse en la cama junto a él. «Martín, yo... no creo que esto esté bien», dijo, pero el amor y el deseo recién florecido de su cuerpo le pusieron el dedo en la boca para que no rechistara, y no pudo decir que no.

—Chisss, calla, no digas nada.

Y antes de que Cordelia pudiera contestar, un primer beso ardiente le selló la boca.

A Martín se le fueron escapando las caricias por todo su cuerpo, todavía vestido, con sus manos suaves como los pétalos de las rosas que él mismo cuidaba, indudables, excitantes, profanadoras de secretos siempre tan bien escondidos y que ni ella misma conocía. «¡No! ¡Ahí no!», decía la muchacha tratando de evitar una locura, pero el fogoso Martín se las arregló para que Cordelia accediese a todos sus juegos, susurrándole al oído cosas bonitas y diciendo que la quería, repitiendo «cuánto te deseo» más de mil veces, asegurando «cuánto he ansiado este momento», prometiéndole amor eterno. Sus besos le parecieron almíbar y su saliva dulce de mermelada que lamió con verdaderas ansias, y súbitamente se descubrió pidiéndole todavía más. Ella misma se despojó de sus ropas, porque con el engorroso vestido apenas sí sentía, y guio las manos del jardinero hacia donde quiso, lugares que hasta ese momento le habían sido desconocidos y que ahora parecían clamarle a gritos determinadas caricias, determinados besos. Los mismos lugares que antes le había prohibido palpar. A trancas y barrancas Martín se fue quedando también sin ropa y entonces fue cuando Cordelia vio la desnudez de su compañero. «Bésame, mi amor. Te lo ruego, bésame», y Martín saboreó sus labios hambrientos con tanta avidez como pasión. Se amaron lenta y suavemente, porque ambos quisieron alargar el hermoso encuentro para por lo menos una eternidad, y porque, con lágrimas en los ojos, Cordelia le pidió suavidad y sosiego. No pudo evitar estremecerse cuando notó el dolor, no obstante, pero en ese momento aún le amó mucho más, y sin duda todavía le amó más durante el resto de pasión incontrolada.

Cuando el rito de dos horas quedó consumado, los dos descansaron sobre el lecho cubiertos de sudor. Estaban tan próximos el uno del otro que ni siquiera podían verse. Cordelia tenía el cuerpo desnudo repleto de pétalos de rosa, y en su rostro el semblante satisfecho de una mujer feliz y realizada. No se hablaron, y solo la luna fue cómplice de su absoluta felicidad.

CAPÍTULO 7

Posiblemente no fueran las frambuesas el motivo de mis frecuentes y retorcidos dolores de barriga, pues los retortijones persisten todavía sin ánimo de abandonarme.

Estoy cambiando.

Me miro al espejo con cierta asiduidad y no con poco asombro, y es en mi reflejo donde comienzo a ver cómo Elvirita de Miñares se va alejando poco a poco, desapareciendo día a día como por arte de magia. Me da pena analizar mis cambios, aunque mamá dice que así es la vida, que ahora me volveré más bonita, y que, si es verdad que he heredado su cutis, no me saldrán granos. Pero en cuanto al físico, en la familia siempre me ha tocado a mí la peor parte, y para mi desgracia mi mentón se ha anidado de granos sebosos que reviento apretándolos a traición, y junto al pus aparece la infección, que no se va hasta bien pasados los días. Mi lisa delantera de niña ha dejado emerger dos bultos extraños, con los que rabio de dolor cuando Belinda me aprieta los vestidos, y sin pensar estoy atravesando un cambio en todo lo mío que afecta a lo físico y a lo psíquico, transformando mi alegría en tristeza y vergüenza por cualquiera que sea la cosa.

Ya nunca más me apetecerá compartir mis juegos con Dama, que a buen seguro ya se ha dado cuenta de mi transformación, pero, a pesar de mis desprecios, la pobrecita continua jugueteando a mi alrededor por así verme contenta. «No, Dama, déjame tranquila. No quiero salir a jugar», porque los perros son muy listos y a Dama no le gusta verme triste. «No ladres, Dama tonta. ¿No ves que no quiero jugar?», y la pobrecita se queda muy quieta mirándome hasta que aburrida se hace un lío y se cobija en mis pies.

Hace ya seis años de lo del mechón. Desde entonces mamá me lava el pelo con agua de manzanilla por ver si así se amarillea, y desde luego lo ha conseguido. Aplica unas gotas de limón al agua con la que lava el mechón, y después de tanto tiempo ya casi ni se nota. Santa madre, impaciente pero constante, la misma que ahora insiste en soltarme la melena como a mi hermana Cordelia. Me ha obligado, pues, a abandonar mis trenzas. La primera vez que aparecí sin ellas fue en la fiesta de Nochebuena, y con la mata de pelo suelta no me reconoció la mayoría de la gente. «Qué guapa estás, Elvirita», me dijeron muchos, pero en el fondo yo sé que lo dijeron por decir, porque mi madre es quien es y no iban a decir lo contrario, no se vaya a enfadar.

Sé que voy por el mismo camino de Belinda, que se ha quedado fea y desgarbada y compuesta y sin novio. Ella dice que una vez tuvo un novio que le prometió matrimonio, pero en aquel entonces ella solo tenía catorce años y la idea de casarse no era sino descabellada. Me cuenta que el novio la dejó porque era muy recatada y no se dejaba besar ni tocar, y que un buen día le dijo que se quedara con su madre y con su padre, porque ya no la quería. A Belinda se le llenan los ojos de lágrimas cuando me explica lo de su novio, y yo me pongo a llorar junto a ella, porque ella es el espejo donde yo mejor puedo verme.

Hasta hace un tiempo fui Elvirita de Miñares, ahora no sé quién soy. Fue la mañana de Reyes cuando amanecí bañada en un líquido pegajoso que terminó por adherirse a las sábanas, y ni mi repentino grito de susto ni el camisón manchado de horribles cuajarones pudieron cambiar el curso de algo que tarde o temprano tenía que pasar. Nunca olvidaré mi sorpresa de aquella mañana de enero, ni tampoco la cara de espanto de Belinda cuando abrió las cortinas y descubrió el estigma encarnado de las sábanas blancas al levantarme, ni su grito ensordecedor de «¡Dios mío, niña!», ni el mío correlativo: «¡Ay, que me desangro!». La pobrecilla no atinó a agarrarme cuando me desmayé en los pies de la cama, y a pique estuve de desnucarme de no haber sido por la mismísima Dama, a quien chafé sin remisión. Cuando desperté volvía a estar tumbada en la cama, donde mamá se había sentado junto a mí y esperaba intranquila. Estaba pálida y me miraba con desconsuelo; supongo que a las madres que descubren en sus hijas la sangre de las niñas les pasa tal desasosiego. «¡Ay, ya se despierta!», oí que gritó, y Dama reaccionó subiendo alterada de un salto a mi cama. Cordelia, sin embargo, se había quedado sentada en la cornisa de mi ventana, con la mirada perdida y sin percatarse siquiera de que ya me había despertado. Ya empecé a verla rara desde aquel día. Miraba los jardines a través de la ventana, con las manitas cruzadas simulando una oración, pero ni mamá ni papá pararon en cuenta de su extraño comportamiento, porque ahora la pequeña Elvirita merecía toda su atención.

—¿Cómo estás, mi reina? —me preguntó mamá cuando me vio al fin despierta, y yo me puse a llorar, porque en el fondo sabía que mi reino se desmoronaba cachito a cachito—. Mi niña, no llores. ¡Ay, vida! Todos pensábamos que eran las frambuesas, ¿eh? Pero no te ha de pillar por sorpresa, Elvirita, porque yo te avisé, igual que avisé a tu hermana. Ten en cuenta que la impresión de la sangre es la primera vez, porque los demás meses una ya ni se entera...

—Mami, ¿y ahora qué va a ser de mí? —lloraba yo.

Ella me contestó:

—Ahora, hijita, eres ya una mujer, y tendrás que dejar de jugar como lo hacen las niñas. Enséñale a Dama a comprender que Elvirita ha crecido y que ya se acabaron los juegos infantiles en los jardines. Por lo demás, todo continuará igual que siempre.

—Mami, me duele, me duele mucho...

—Eso es normal, mi reina. A tu hermana también le duele cuando le viene la sangre, ¿verdad, Cordelia?

Pero mi hermana no contestó, sino que se levantó y desapareció de mi habitación como un alma en pena, arrastrando los pies presa de un cansancio inesperado.

Tanta atención en mí puesta y tan poca en Cordelia, a quien cada vez noto más triste y decaída. La veo atravesar los corredores como embrujada, observando cada una de las estatuas familiares y los lienzos con la misma mirada perdida del día de Reyes. Mi hermana ya no quiere salir a pasear por los jardines si no es en mi compañía o en la de mamá, y a mí eso me parece realmente extraño. A Julita le ha prohibido el seguirla despertando por las mañanas, pues es ella quien se encarga de abrirle las cortinas y darle los primeros buenos días, y a nadie sino a mí y a la propia Julita nos ha chocado ese impedimento. Sus ojeras me asustan, y si comer bien nunca ha sido su natural, menos lo es ahora. Marranea todos los platos que prepara Basilisa y los mira con verdadera repugnancia, pero mamá parece no percatarse nunca, o por lo menos no hace por preocuparse. Papá es el único que a veces le pregunta qué le pasa a su niña, pero su niña le sonríe y le responde que no se preocupe, pues no le pasa nada, solo está cansada. Mamá y papá se miran serios, pero mamá enseguida sacude la cabeza, quitándole importancia.

En algunas ocasiones también la oigo llorar encerrada en su habitación, desconsolada y compungida, pero cuando abro la puerta se incorpora enérgicamente de su cama y me obliga a dejarla en paz, tirándome un cojín o lo que primero pilla. «¡Vete, niña curiosa! ¡Vete!», y yo me voy con la terrible sensación de que algo importante le está pasando a mi hermana mayor. «Mamá, ¿qué le ocurre a Cordelia? La oigo llorar en su habitación», le pregunto a mi madre, y ella, más tranquila que tranquila, me responde siempre lo mismo: «No tengas cuenta, hija. Tu hermana está bien, lo único que le pasa es que no sabe lo que quiere. Pero lo que yo quiero para ella es lo que más le conviene, y ella eso no lo entiende», supongo que refiriéndose a su idea de compromiso con Ernesto Rosales, quien durante muchos días no ha aparecido para nada en nuestra gran casa. Mi doctor del alma no viene a verme, pero me contento al saber que si no asoma el morro por mi casa es porque tampoco tiene mucho interés por ver a Cordelia. Y eso produce en mí una cierta felicidad.

Ya he dicho que empecé a ver rara a Cordelia la mañana de Reyes, pero fue allá por el mes de marzo, poco después de que Víctor y Evangelina se casaran, cuando yo la vi peor. Su estado era ya razón suficiente para provocarme extrañas conjeturas, y no podía vivir tranquila sin saber lo que realmente le atormentaba. No era posible que su angustia le viniese solo por las ideas de compromiso de nuestra madre, pues, si ella no quería a Ernesto Rosales, nada ni nadie podía obligarla a ser desdichada el resto de su vida. Se quedó delgada y desinflada, no tenía fuerzas, apenas sí comía, y andaba arrastrando los pies como si tiraran de ella cadenas de plomo. Se me acabaron las posibilidades de curiosear su diario, pues mi hermana se pasaba las horas encerrada y no permitía a nadie entrar en su habitación. Algo estaba pasando, y yo debía averiguar qué era.

Un día me armé de valor y decisión y me presenté ante mi queridísima madre Elena en el salón del hogar, donde desde su sillón de terciopelo verde bordaba un ruiseñor rodeado de mariposas multicolores. Mamá estaba hermosa, como siempre, tomando a sorbitos una limonada fresca que reposaba en lo alto de la mesita que estaba junto a ella. Estaba tranquila, bordaba con paciencia, y solo cuando me sintió muy cerca, solo cuando me senté en el pequeño sofá que había a su lado, dejó de prestar atención al dibujo del ruiseñor para prestármela a mí.

—Buenas tardes, cariño —me dijo—. ¿Ya has terminado de estudiar?

—Sí, ya he terminado —contesté.

—¿Y bien? —me preguntó, y enseguida supe que mamá esperaba la pregunta que vino después, pues dejó su bordado sobre la mesita y se levantó de su sillón para sentarse junto a mí—. A ver, hijita, ¿qué es lo que te preocupa?

—¿Qué le pasa a Cordelia? —le pregunté, y entonces descubrí espantada cómo me sonrió.

Me lo explicó con la mayor naturalidad del mundo, como si los sentimientos de su hija mediana no contasen para nada. Me cogió las manos, las acarició suavemente, y siguió su explicación con tanta tranquilidad que aun ahora me asombra que mi madre de entonces tuviera tanta falta de escrúpulos.

—Yo sé lo que le pasa —me dijo—. Tu hermana está apesadumbrada porque en cuatro meses se nos casa. No te lo quería decir todavía, porque en realidad era una sorpresa familiar, pero no puedo permitir que tú también sufras por algo que irremediablemente tenía que pasar tarde o temprano. ¿Verdad que lo entiendes, mi reina? ¿Te has quedado más tranquila, ahora que ya lo sabes?

Se me quedó el cuerpo helado como un puñado de escarcha. Creo que no me desplomé en el suelo por vergüenza. Aquel día yo empecé a morir un poquito, lo supe porque tampoco me noté el respirar, ni el corazón latir. No supe reaccionar, no dije nada en largos segundos, se me quedó la boca abierta como a los tontos de nacimiento, y antes de darme cuenta comencé a llorar un río de lágrimas. Sentí cómo mi alma se fue tornando cada vez más frágil, más quebradiza; con cada lágrima, un trozo de alma. Mi corazón se hizo trizas y, aunque no miré para el suelo, sé que allí estaban mis esperanzas, esparcidas junto a los trozos de mi alma rota. Antes de nombrarle ya sabía quién era el afortunado. Pero ¿por qué, mamá? ¿Por qué la obligaste a decir que sí? ¿Por qué si ella no quería? Era yo la que amó a Ernesto desde la primera vez que le seguí con mi muñeca a rastras. Era yo, mamá, no ella. Cordelia amaba a otra persona, a una persona demasiado prohibida para ti, y tú eso lo sabías, ¿verdad que lo sabías? Era yo la que le amaba, mamá, pero te equivocaste y pagaste caro ese error. Pero ya no sufras, déjalo, ya no hace falta, porque tú tampoco tuviste la culpa de lo que pasó. Fui yo. Lo supe siempre, y aún ahora me sigo culpando.

Me miraste raro cuando las lágrimas se vinieron a mis ojos y me preguntaste qué me pasaba, y yo no supe qué contestarte. Intenté sonreír solo un poquito, ¿recuerdas? Pero solo fue un vano intento. Te dije «Qué alegría», porque decirte la verdad era demasiado arriesgado, y entonces tú me abrazaste, porque sentiste otra vez que habías ganado la batalla, como siempre que te lo propusiste. Aquella vez te oí llorar también a ti, pero tú llorabas de alegría. Yo lloraba de pena.

¿Vas a hacer lo mismo conmigo, mamá? ¿Quizá esperarás un candidato en concreto para ser mi perfecto esposo, o en lo más profundo de tus pensamientos sabes que tu hija pequeña se quedará soltera para el resto de sus días, y no te serán necesarias más estrategias de celestina?

Mi amado doctor, mi desdichada hermana... ¿Algún día conocisteis la verdadera felicidad, o solo la olisteis en sueños? Tanto amor en vuestros corazones, tanta pasión no correspondida, tanto sufrimiento innecesario. Qué pena me da traer esa etapa a mis recuerdos, pero es ahora o nunca, y eso es lo que cuenta.

CAPÍTULO 8

Aquel amanecer de mayo nos despertó un terrible lamento. Fue la primera vez que Dama aulló de aquella manera, y a mí me impresionó mucho no verla reposando a los pies de mi lecho, como solía amanecer cada mañana cuando yo me despertaba. «¿Dama? –pregunté dirigiendo la mirada hacia su cunita de mimbre–. Dama, ¿dónde estás?». Todavía era de noche y recuerdo que apenas sí se veía. Cuando me incorporé de la cama ya olí el ácido olor a sudor de mi cuerpo y noté el temblor de mis extremidades. El camisón lo tenía pegado a las carnes, pero no reparé en ello hasta que no me vi en el suelo, impregnada de un sudor frío y observando nerviosa que Damita no estaba en mi cuarto. «Dama, bonita, ¿dónde estás? No me asustes...», pero no tuve respuesta. Entonces afiné mejor el oído y me di cuenta de que su plañido venía de los jardines del pozo, todavía oscuros, y aquel sonido fantasmal se introdujo de tal forma en mi cerebro que ni tapándome los oídos pudo desaparecer. Me quedé quieta, temerosa de acercarme a los cristales cerrados, porque algo me decía que algo no iba bien allá abajo, y fue entonces cuando sin saber cómo ni por qué escuché de nuevo aquellos susurros, ya olvidados y enterrados en mi infancia desde los tiempos del mechón, cuando por primera vez soñara con mi pozo. No había tormenta, pero recuerdo que un fuerte viento alcanzó los cristales y los golpeó con ansia, obligándome a retroceder. Dama afuera seguía llorando. «Dios mío, no, por favor —clamé a los cielos—. Otra vez, no, esta vez no estoy soñando...». Pero Dios me castigó y reviví con mi propio miedo aquel maldito sueño, y por más que quería dejar de pensar en él y aunque me apretaba los oídos con ánimo de reventármelos por no oír, más fuertes eran los golpes del viento y más acariciadoras las voces que al unísono pronunciaban mi nombre con ecos de aparecidas.

Volvió el miedo de los seis años, volvió para no irse nunca más; volvió para torturarme sin remisión durante el resto de mis días. Me quedé paralizada, consciente de que había vuelto a la época de mi primer trauma, creyendo ver en mi propia sombra la forma de mis trenzas de entonces y mi silueta infante. «Padre nuestro que estás en los cielos, santificado sea tu nombre, venga a nosotros tu reino, hágase tu voluntad, así en la tierra como en el cielo...».

Recé armándome de valor con las manos puestas en los oídos y acercándome de nuevo poco a poco a los cristales. Tenía los ojos cerrados, pero a través de ellos pude ver a Dama frente a mi pozo, aullando con sus lamentos apenados, levantando su cabeza a los cielos y advirtiéndome de una tragedia que yo ni siquiera podía imaginar. Había salido por la trampilla de la cocina mientras los demás dormíamos y yo ni siquiera la escuché.

Esta vez no querías jugar, ¿verdad, Dama? Tu instinto te despertó y te obligó a salir, porque los perros tenéis un no sé qué que os avisa de cuando las cosas van a ir mal. Qué lista eres, Dama, cuánto te quiero, pero juro por lo más sagrado que aquella madrugada te hubiera estrujado los sesos si no hubiera escuchado a Goyo maldiciéndote y vociferando por el corredor de las habitaciones, despertando a todo el mundo que no estuviera ya despierto por tus lamentos. «¡Perra del demonio! ¿Qué diablos le pasa esta mañana?», y bajó tan rápido las escaleras que colocándose el batín se tropezó y se cayó por el camino, saltando seis escalones y arreándose un golpe en la rodilla que lo dejó cojo de por vida. Escuché también a papá nerviosamente aturdido por el sonido de buque perdido, cavilando si algún lagarto no la habría destinado a morir como a su pobre madre Dorothy, y se quejaba el animalito por la dentellada. «¿Dónde diablos para esta perra? ¿Y qué diantres le pasa?», escuché gritar a Goyo mientras abría la puerta del vestíbulo y salía a grandes zancadas al porche, cojeando y maldiciendo. Y entonces abrí los ojos. Con el jaleo de Goyo y papá, los susurros se fueron y la oscuridad ahora me pareció mucho menos intensa, pero tuve tanto miedo que salí disparada de mi habitación sintiendo ahora mucho más acentuado el olor a transpiración descontrolada y mi camisón mucho más pegado al cuerpo que segundos antes. En la penumbra del corredor de las habitaciones pude ver la figura de papá poniéndose el batín y bajando las escaleras que dirigían a la planta del vestíbulo, diciéndose a sí mismo que por si acaso iba a la biblioteca a ver si estaban todos sus batracios en el terrario. «Ya no me fío yo de estos malditos bichos...», y desapareció nervioso en dirección a su biblioteca.

Afuera Dama seguía aullando. Enfundada en la más absoluta oscuridad esperé a que mamá o mi hermana saliesen de sus habitaciones, pero me asustó mucho el no ver a ninguna a mi lado, ahora que tanto las necesitaba. Me quedé postrada en el quicio de la puerta de mi habitación, y se me fue resbalando el cuerpo poco a poco hasta que el gélido suelo de baldosas tocó mis piernas. Supongo que volví a respirar cuando gracias al cielo oí a mamá gritar desde su puerta: «¡Que alguien haga callar a esa perra, por el amor de Dios!». Y así yo me pude levantar y abrazarla para sentir su calidez de madre, porque, por primera vez después del susto del mechón, yo necesité tanto su abrazo como un aliento de vida. «No sé cómo con este jaleo tu hermana puede seguir dormida», dijo, y yo me pregunté lo mismo, pues aquella misma noche juré haberla escuchado quejarse y también llorar. No dije nada, no obstante, porque desde hacía meses eso ocurría todas las noches. «Tiene el sueño fuerte», dijo, pero al decirlo mi madre se estremeció y su estremecimiento me atravesó todos los sentidos, tanto que ella misma me lo notó. El aullido de Dama me estaba crispando los nervios, y, aunque los susurros se habían quedado encerrados en mi habitación, parecían seguir llamándome todavía desde dentro. «Hija mía, estás temblando. ¿Qué te pasa?». Pero no contesté, porque en ese momento entró Goyo a la casa y desde arriba lo escuchamos hablar a regañadientes. Estaba muy enojado porque no había logrado hacer callar a Damita.

—¡Goyo! ¿Qué pasa, por Dios? Haz callar a Dama —gritó mamá desde arriba.

—Señora —dijo Goyo—, cada vez que me acerco la perra me enseña los dientes y temo que me ataque. Está junto al pozo, mirando para el cielo y aullando que da miedo. No sé si no le habrá mordido algún bicho de esos de don Serafín.

Pero el «No» rotundo de papá mientras llegaba al vestíbulo nos aseguró a todos que esta vez no se trataba de los batracios. «Están todos», dijo, y pareció que en aquel justo momento Dama calló un poco, porque fueron cesando los lamentos y en pocos minutos un silencio sepulcral se apoderó de toda la casa. «Gracias a Dios que ha parado. Anda, vamos a dormir», dijo mamá, pero yo tenía mucho miedo, había fantasmas en mi dormitorio.

—Bah, Elvirita, hija, no empieces con tus historias —me regañó mi madre ante los ojos atónitos de mi padre, que subía cansado y de mal humor por la escalinata de mármol.

—¿Quién habla de fantasmas? —dijo papá.

—Han vuelto los susurros, papaíto. Están en mi habitación...

—Ay, no, Elvirita. Lo último que necesito ahora es escuchar tus tonterías —me dijo papá, empujándome hacia mi habitación y obligándome a dormir un ratito más—. Va, hija, regresa a tu cama, no vayas a coger frío...

—Pero, papá, me llaman como cuando me pasó lo del mechón, solo que ahora no estoy soñando. ¡Quiero ir a por Damita! —grité nerviosa.

—Ni hablar, cuando ella quiera ya regresará. Igual que se ha ido, ella solita volverá a su cama —me respondió, y no se separó de mi lado hasta que no me vio ya dentro. Mamá se volvió a poner los tapones en los oídos, y llamando a mi padre desapareció en el dormitorio conyugal.

Goyo prefirió quedarse abajo por si Damita empezaba otra vez a aullar y debía salir de nuevo a los jardines. «¡Qué carajo! Si se pone otra vez a aullar no sé cómo me las voy a apañar para callar a esa perra», masculló entre dientes, pero, como por las noches nunca dormía, no le importó hacer la guardia en la planta de abajo, paseando nervioso por el vestíbulo, la cocina y el corredor de la biblioteca y los salones. Papá, sin embargo, esperó a que me metiera en la cama, aunque pronto descubrió que no tenía intención de hacerlo cuando me postré ante mi ventana, con los pies desnudos y los ojillos llorosos como platos, observando desde dentro la triste cara preciosa de mi adorada Dama, tumbada frente a mi pozo y con la cabecita en dirección a mi ventana. «Elvirita, hija, métete en la cama. Todavía es muy pronto, y a Dama no le pasa nada», me dijo papá, pero yo no quería volver a quedarme sola; todavía notaba la presencia de los espíritus.

—Papá, han vuelto los susurros —le dije—. No te vayas, quédate conmigo.

—Elvirita, hija, ya eres mayor para tener estos miedos; además, aquello pasó hace mucho tiempo y lo soñaste. Dama no quiere subir, así que ahora descansa y por la mañana ya descubriremos lo que le pasa.

—Pero, pobrecita, ahí afuera hace frío...

—Ni una sola palabra más. Ahora vete a la cama —me riñó, y diciendo esto desapareció de mi vista, regresando a los brazos de mamá.

Los golpes del viento en los cristales volvieron a sobresaltarme y el corazón volvió a ponerse en órbita, los sudores a desbordarse y los temblores a apoderarse de mis miembros. Oía los susurros, me hablaban, pero no les entendía. Y allí me quedé postrada, ante la ventana, rodeada de fantasmas que me explicaban cosas, murmurándome letanías al oído, murmullos que me erizaban los pelos de todo mi cuerpo.

¿Qué hacía allí frente a mi ventana, tan inmóvil, tan asustada que no podía dar un paso? Así me quedé hasta que de pronto me vino a la mente Cordelia; no supe por qué, pero fue ella quien apareció nítidamente en mi cerebro en el momento en que sentí más pánico. Hacía muchos años que no visitaba su dormitorio por las noches ni me acurrucaba junto a ella entre sus sábanas. Nuestra relación no era demasiado buena desde hacía algún tiempo, pero en aquel instante deseé estar muy cerca de ella. Así pues, con los ojos bien cerrados por no querer ver y recorriendo mi habitación muerta de miedo, caminé como sonámbula con los brazos extendidos por no golpearme con los muebles. «Te necesito, Cordelia». Cerré la puerta a mi paso, aplastando a buen seguro las narices de los fantasmas, porque en el momento de cerrarla se callaron, supongo que por el dolor. Cuando llegué al corredor abrí los ojos aún con mucho miedo. El silencio seguía siendo sepulcral y las figuras de mármol parecían haber cobrado vida, mirándome acechantes desde lo lejos, fantasmagóricamente posantes ante la luz de la poca noche que quedaba. La puerta de la habitación de mi hermana estaba encajada cuando la empujé huyendo de los fantasmas, pero cedió en cuanto forcé el pomo y pareció que las almas se quedaron en mi cuarto, porque adentro de la oscura y silenciosa habitación no se escucharon más voces ni más nada. Cerré con sigilo a mis espaldas, con mi pulso acelerado y el corazón en la boca, sin ni tan siquiera tener aliento para llorar porque el susto no me lo permitía. Aún no puedo creer que no me desplomara muerta en el suelo y mucho menos que me saliera la voz de la garganta seca. «¿Cordelia?», pregunté, pero el bulto quieto de su lecho ni se movió. Me acerqué muy despacio y le hablé temblorosa. «Cordelia, tengo miedo. En mi habitación hay fantasmas», pero el bulto seguía inerte, rígido como la madera de su cabezal, sin moverse ni inmutarse. «Cordelia, por Dios, dime algo. Despierta porque ahora los fantasmas vendrán aquí». Entonces volví a escuchar a Dama lamentarse, volvió a llorar la pobrecita tan amargamente que desesperada me tiré de los pelos y comencé a dar golpes en su cama porque así se despertara. Ay, sí, entonces me di cuenta. Golpeé tan bruscamente que se cayó una de las mantas a mis pies desnudos, deshaciendo la forma humana del bulto que yacía en el lecho. Cuando levanté con la mano temblona las sábanas y descubrí que en lugar de Cordelia lo que habitaba allí dentro no era sino otra manta adoptando la forma del busto y la cabeza, se me ahogó el grito.

Y entonces comprendí.

Empecé a entender en aquel preciso instante, en el momento preciso en que se cayó la primera manta. «Ay, no, que no sea verdad lo que estoy pensando. Que se vayan estos fantasmas de mi cabeza y de mi habitación». Pero no se irían ni a golpes de escopeta.

Oí de nuevo a papá gritar por el corredor de las habitaciones y a mamá rogar a Goyo con todas sus fuerzas que callase a esa perra, que acabase su llanto de una vez por todas y que se la llevase para que no molestase más. Pero no era necesario llevarla tan lejos. ¿Para qué si Damita me llamaba a mí? La pobrecita me estuvo llamando desde el primer lamento, y ni Goyo ni nadie que no fuese yo iba a ser capaz de calmar su angustia. Qué tonta que me quedé sin hacer nada, sin preocuparme de lo que le pasaba porque presté más atención a los susurros que a su llanto, sin saber que era a mí a quien intentaba avisar de algo tan irreparable.

Me volví arrastrando los pies hacia la puerta cerrada, abriéndola por inercia sin saber muy bien lo que hacía, dirigiéndome a las escaleras sin voluntad, bajándolas sin escuchar a mamá llamándome a gritos y preguntándome qué hacía bajando las escaleras así, descalza.

—¡Elvirita, hija! —gritó—. ¡Ay, Dios, que está sonámbula! ¡Serafín, haz algo!

—¿Dónde vas, niña de Dios? —exclamó entonces papá atajando mi marcha, porque también él pensó que andaba dormida y sabía que despertar a un sonámbulo puede ser a veces mortal.

Pero ni siquiera la mole de papá fue capaz de parar mis pasos, con lo que, por no causarme más daño del que ya había, decidió seguirme por detrás bien agarrado a la barandilla y muy pendiente de que no me cayera por las escaleras. Pobrecillos los dos, papá y mamá ni siquiera repararon en que ahora la puerta de Cordelia estaba abierta y volvieron a prestarme más atención a mí que a ella, como era su natural. Pero en el fondo yo sé que les flaquearon las piernas a los dos cuando volvieron a escuchar el sonido de buque perdido de Dama desde los jardines del pozo, y que pensamientos que no querían asociar con los lamentos de Dama les martirizaban los sentidos, provocando en ellos un nerviosismo incontrolado.

Bajé silenciosa las escaleras de mármol rosado, concienciada de que, cuanto más me iba acercando a la puerta principal, más lágrimas fluían por mis mejillas, recorriéndome el cuello y mojándome hasta el camisón, ya suficientemente húmedo por los sudores. Antes de llegar al vestíbulo ya vi a Vico y a Nicolás entrar exhaustos a causa de la carrera desde el albergue, preguntando nerviosos qué había pasado y diciendo que habían escuchado aullar a la perra desde su casa. También recuerdo que papá les ordenó callar y no gritar, porque desde el incidente de Nochebuena no les quedó buena relación y además me podían matar de un susto. «Callad, hombre. ¿Estáis tontos o qué?¿No veis que está dormida y la podéis asustar? ¡Dejadla pasar!». Entonces los dos hombres abrieron paso para mí sin rechistar, dejándome salir al fresco de la madrugada, que yo acogí con verdaderas ansias, y al unísono sonido de los susurros de los fantasmas, que ahora habían salido de mi habitación y me acompañaban fieles a mi lado, volteé la casa en dirección a los jardines del pozo. Papá me salvaba las espaldas, y un poco más allá mamá caminaba nerviosa, protegiéndonos de nada.

Vi a Goyo proseguir en su vano intento por callar a Dama, con una vara en la mano, pero en realidad Dama no se calló hasta que yo no la llamé. Primero fue el silencio, dejó de aullar. Luego todos vimos cómo su cuerpecito se tumbó rendido y un poco más tranquilo sobre la hierba y las flores. Nada se escuchó a nuestro alrededor, solo la compungida respiración de Damita y el latir de mi acelerado corazón. Goyo no me dejó acercarme a ella, pero se ve que le aparté con aspereza, porque me hice daño en la mano cuando pasé al otro bando. Creo que ni le miré. Con el fluir de mis lágrimas por mis mejillas y una angustia incontrolable, me aproximé cada vez más a Damita y al pozo, reviviendo otra vez aquel sueño traumático de mi niñez. «Te morderá, Elvirita, no te acerques a ella». Pero me acerqué con cuidado. Pobre, me estaba esperando. «¿Alguien le ha pegado? —me acuerdo que pregunté—. Goyo, ¿le has pegado?». Pero el «no» con la cabeza y su mirada franca no me permitieron dudarlo. «Dios mío, Dama, no sé si podré...», le dije a mi perrita mientras me iba acercando más y más al pozo, pero los susurros seguían acompañándome a mi lado y Dama sintió tanto miedo que salió corriendo despavorida. La asustaron. Goyo fue tras ella y creo que Vico y Nicolás también, pero papá y mamá se quedaron confusos, abrazados los dos, observando mi comportamiento con lágrimas en los ojos. Estaba claro que pensaron que había perdido el juicio.

¡Ay!, cuánto cavilé antes de entregarme a sus misterios, antes de acercarme a sus frías piedras, antes de sentir un escalofrío aterrador, como cuando encontramos a la perra Dorothy muerta en su caseta, porque fue al subir el escaloncito de piedra cuando a mí se me paralizó el corazón. Allí estaba tu cuerpo sin vida, bañado en las aguas dulces y frígidas que reposaban en el pozo, con los ojos abiertos y tan amarillos como los de las imágenes de las iglesias, similares a la cera, con la mata dorada de pelo nadando sobre tu rostro, más pálido que nunca, hecho mil hileras de oro cobrizo. Tu cuerpo se veía flotar en el fondo, semidesnudo, encharcadito de sangre —tu sangre, Cordelia, mi sangre—, y, aunque clamé tantas veces a los cielos verte incorporarte y trepar por el pozo, no me escuchaste. Ya estabas muerta desde hacía dos horas. Debió ser un golpe seco en la cabeza lo que te mató, porque del impacto te cortaste la lengua. Los espíritus habían dejado de susurrarme y ahora lloraban, se lamentaban porque tú estabas allí, mirando a no sé dónde, con los ojos vacíos, las pupilas dilatadas. Ay, Cordelia, nadie puede imaginar cómo me siento cada ocasión en que te recuerdo muerta, que es siempre, tan azul, tan sin vida. Nadie lo sabe. Desde arriba se te veía como sentada, de medio lado, mirando para arriba, clavándome los ojos como aguijones de avispas. No sabes lo que me hiciste, hermana. No, no lo sabes.

sacaste la lengua. Los exorcistas habían dejado de sustentarme y ahora la niña, sé lo inevitable, porque tú estabas ahí, mirándome de donde a veces, los ojos vacíos, las pupilas dilatadas en Cándida, nadie puede imaginar cómo me sentí cada ocasión en que te miraba mirándome, eres siempre tan azul, tan sin [illegible] [illegible] [illegible] que me hiciste humana. [illegible]

CAPÍTULO 9

Aquella madrugada Elvirita se quedó rígida frente al pozo, tan tiesa como las figuras de mármol del piso de arriba. Parecía no respirar, no parpadeaba, y tenía los ojos como platos. No podía escuchar a sus padres llamarla desde unos pocos metros más allá, porque su cerebro adolescente sufrió un impacto muy duro, nada fácil de soportar. Un poco más lejos los dos criados y Goyo intentaron apaciguar a la perra Dama, que ya había calmado su llanto y ahora se les revolvía como un lagarto, pero ni los ladridos de Dama ni los gritos de los empleados la rescatarían de su estado de *shock*. La niña se había tornado pálida como un difunto y todos se dieron cuenta de que algo no marchaba bien en ella. «No está dormida, señores, pero la niña no está bien», avisó Goyo después de voltear el pozo y verle la cara, pero sus padres siguieron insistiendo hasta que la muchacha se dio la vuelta y mostró todo su declive junto a otro mechón blanco que ondeaba en su melena con la brisa matutina. La niña de doce años les pareció de ochenta.

—¡Ay, cielo santo! ¿Pero qué te ha pasado, hija mía? —gritó nerviosa y asustada Elena de Miñares, sin reparar en que su hija no tenía oídos para escucharle en ese momento y en que se estaba orinando encima—. ¡Si es que ni me mira! ¡Ay, Dios mío! ¿Qué te pasa, Elvirita?

Pero Elvirita no contestó, porque se cayó inconsciente cuando le brotó la última lágrima. Fue a caer en el suelo húmedo de la mañana, totalmente helado, sin saber que no iba a despertar hasta dos días después, con su nuevo mechón tapándole el rostro, un mechón blanco mucho más extendido que el otro, quizá porque la magnitud de este susto fue mucho más grande que la del anterior. Cuando Elena de Miñares comenzó a chillar y se rindió al cuerpo de su hija, Goyo fue más rápido y ya se había dispuesto a cogerla en sus brazos. Le vio las intenciones de desmayo, pero por unos segundos no llegó a tiempo y Elvirita se cayó sin poder ser sujetada antes. Serafín de Miñares se quedó petrificado junto a un rosal, y no reaccionó hasta que no vio al mayordomo coger a su hija en brazos y dirigirse corriendo, a pesar de su cojera, a la gran casa.

—¡Llamad a Guillermo y corred en busca del doctor Rosales! —exclamó mientras se la llevaba en brazos hacia la casa—. ¡Rápido, Vico! Buscadle, que esta vez ha pasado algo gordo.

Elena de Miñares corría como podía detrás suyo, tropezando por el camino y mordiéndose el nudillo de su mano por así calmarse, y con tanto nervio se olvidó de su esposo, quien, después de ver a su hija desvanecida en los brazos de Goyo y verlos alejarse a todos hacia la casa, se quedó como tonto mirando para el pozo, con las piernas sin resistencia, preguntándose qué había allí dentro que le había tornado otra vez el blanco a los cabellos de su hija pequeña. Serafín sintió un escalofrío que le recorrió toda la espalda y luego se le subió a la cabeza, y sin pensar poco a poco sus pies fueron envalentonándose para acercarse al escaloncito del pozo. La perra Dama se le había pegado a la pierna, quizá pidiendo consuelo al amo que apenas sí se tenía en pie. «¿Qué quieres, Dama?», le dijo sin aliento, y vio en los ojillos de aquel cruce de *weimaraner* y *setter* irlandés unas lágrimas que enseguida se le contagiaron, porque los ojos se le cristalizaron y la boca le empezó a temblar. Advirtió que Dama daba vueltas sobre sí misma, nerviosa, queriendo y no queriendo acercarse al pozo, aullando, pero ahora con mucha menos intensidad, mirando suplicante para Serafín de Miñares, que cada vez tenía menos fuerzas en sus piernas y ya empezaba a notar que de tanto flaquearle se iba a desvanecer él también en la tierra húmeda. «¿Qué hay en el pozo, Dama?», pero Dama bajó la cabeza y prefirió no acompañarle ni darle más pistas. Estaba rendida y se tumbó de nuevo en el suelo, esperando a que su amo se decidiera a subir el escalón del pozo y descubriese por sí mismo que allí dentro su hija mayor flotaba como un nenúfar, sin un ápice de vida en su cuerpo.

Se ve que no demoró en asomarse, porque sus gritos no tardaron en oírse desde todos los puntos de la finca. Nicolás y Goyo, que abandonaron por un momento a Elvirita y a Elena en la casa, lo encontraron abrazado al pozo, llorando como un demente, diciendo «¡Ay, no, mi niña! ¡Ay, no!», pegándose cabezazos en las mismísimas piedras del pequeño monumento, con ánimos de abrirse el cráneo y sin tan siquiera sentir dolor, clamando a los cielos por qué, Dios mío, por qué, si era tan joven y bonita y estaba a punto de casarse.

Entonces fue cuando desconcertados Nicolás y Goyo se asomaron al pozo, descubriendo también horrorizados la horrible visión, llevándose Goyo las manos a la cabeza y poniéndose Nicolás a vomitar allí mismo, sintiendo los dos que algo se había roto en el alma porque ninguno de los dos era hombre de lloros. Tampoco tardaron en aparecer totalmente asustadas y con las batas de noche puestas Basilisa y sus hijas,

Belinda y Julita, acompañadas de Martín, el jardinero, que también se había enterado del jaleo y preguntaba preocupado qué había pasado.

Las tres mujeres se quedaron atolondradas al ver a Serafín de Miñares al pie del pozo, reducido a la nada, sollozando palabras inconclusas y abrazado a sus frías piedras, sometido a una letanía que les acongojó el corazón de tal manera que se dejaron caer las tres de rodillas en el suelo. Martín en cambio se mantuvo en pie, acercándose cuanto pudo a Goyo, que ahora se dedicaba a darse golpes en las manos y en la cabeza y a soltar barbaridades por su bocaza blasfema, porque hasta entonces nunca nadie le había visto maldecir a tantos santos juntos. Le asombró verle llorando tan desesperadamente.

—Goyo, ¿qué es lo que ha pasado? —le preguntó extrañado y con una mirada ida, como la de un loco, mesándose nervioso el cabello todavía revuelto por el dormir—. Hemos escuchado aullar a la perra y gritar al señor De Miñares. Ha ocurrido alguna desgracia, ¿verdad? ¡Joder, Goyo! ¡Deja de darte golpetazos y dime qué ha ocurrido!

Goyo se serenó cuando Martín le cogió por las manos y le paralizó los bruscos movimientos con sus fuertes brazos atléticos. Luego le miró fijamente, tenía los ojos muy rojos por el llanto y con el poco aliento que le quedaba fue capaz de decírselo.

—La niña Cordelia —dije titubeante.

—¿Qué le ha pasado a Cordelia? —exclamó entonces Martín con la cara desencajada y dirigiéndose ya hacia el pozo.

—¡No, Martín! ¡No mires ahí dentro! No es agradable de ver, muchacho. Espera a que la saquen cuando venga el doctor Rosales.

Pero Martín no pudo aguantar hasta entonces y miró en el interior del pozo, sintiendo que su corazón se había hecho trizas en el mismo instante en que asomó la cabeza. La vio con su carita preciosa, pálida y azulada, con los ojitos mirando fijamente para él y para quien la fuese a ver, con sangre seca en la cabeza y con un trocito sangrante de lengua sobresaliendo en su labio inferior. Se la había cortado cuando cayó al fondo del pozo. «Está muerta...», dijo, pero no lloró. Solo salió corriendo con los ojos como platos hacia no se supo dónde.

Las tres mujeres, que todavía no sabían la razón de la desgracia, escucharon a Nicolás, su esposo y padre, preguntarle a Goyo cómo iban a sacar el cuerpo de allí dentro. Nicolás estaba de espaldas a ellas, llorando también, sujetando al pobre Serafín por los brazos, intentando que dejase de darse golpetazos en las piedras y probando a dar un consuelo que jamás nadie pudo darle, y Basilisa fue la única que se quedó rígida y entera, sin moverse, el único apoyo para sus hijas, que se le habían abrazado llorando como Marías. «Madre, ¿quién hay muerto ahí dentro?», preguntó Belinda con un hilo de voz. Y su madre, con una extraña tranquilidad le dijo: «Cordelia, hija, Cordelia». Por lo visto, se lo figuró.

Cuando Guillermo y Vico llegaron con Ernesto Rosales, los jardines del este se habían convertido en un averno de almas en pena. Ya comenzaba a haber luz de día y Ernesto salió del coche todavía en marcha, sin dar tiempo a Guillermo a aposentarlo en las cocheras. «¿Qué pasa aquí?», preguntó, pero nadie le contestó. Vico salió después que él, cerrando la puerta del carro metálico y uniéndose a su duda mientras Guillermo entró el vehículo al dormitorio de coches. Vieron a Basilisa y sus hijas sentadas en el porche de enfrente a los jardines del pozo y a Nicolás apoyado en una columnata, junto a ellas, pero no vieron a nadie más. Los dos hombres se acercaron a la familia, extrañados por el llanto ahogado de las dos muchachas y del padre, y les asombró ver que los cuatro estaban con las cabezas gachas. La única que levantó la cabeza fue Basilisa, que, seria como un carabinero y sin una lágrima en sus ojos, se incorporó del escalón del porche para llevar al doctor un poco más allá y explicarle.

—Venga, doctor —le dijo llevando al joven unos metros más lejos y pasándose los dedos por las boqueras secas—. No sé cómo decírselo, pero me temo que habré de ser yo quien le mantenga al corriente de lo que ha pasado. Verá... Ha ocurrido una terrible desgracia.

Ernesto Rosales se quedó extrañado. No entendió. Volvió a mirar a las dos muchachas abrazadas y al criado cabizbajo. Entonces, desde el ángulo en el que ahora estaba, pudo ver a la perra Dama yaciendo junto al pozo. Ahora parecía tranquila y no lloraba.

—Basilisa, no se ande con rodeos. Dígame lo que ha pasado. ¿Dónde están los señores? —preguntó nervioso.

—Ay, doctor. Están arriba, con Goyo —dijo Basilisa ahora un poco nerviosa—. La niña Cordelia está muerta.

Hubo entonces un silencio agresivo. Ernesto no pudo escuchar nada más a partir de aquella frase. Fue tan rotunda que el sentido de la coordinación le falló por completo. Una niebla le vino a los ojos y pensó que no, no podía ser, le habían llamado porque la que estaba rara era Elvirita. Pero ahí fue cuando Basilisa se puso a llorar como una Magdalena y a decir que lo sentía mucho, que ya sabía ella cómo y cuánto la quería, que una muchacha tan bonita no podía terminar así, que fíjate, ahora que se iban a casar y se muere la pobrecita.

—¿Pero qué me estás diciendo, loca? —gritó Ernesto con los brazos por encima de su cabeza—. ¿Dónde están todos?

—Ya se lo he dicho, doctor. Están arriba, con Goyo. La niña Elvirita también está muy mal.

Poco tardó el joven doctor en ir a zancadas hacia el interior de la casa, donde ya desde fuera se oyeron los llantos lejanos de Elena de Miñares y unos golpes que incluso hicieron temblar las paredes. Se quedó el pobre parado en el vestíbulo, ahora bastante iluminado por la luz de la mañana que llegaba, y no dudó que los estrépitos y el llanto provenían de la planta de las habitaciones. Subió escalón a escalón, tembloroso y extenuado, con las piernas pesándole kilos. No, kilos no, toneladas. Escuchando a Elena llorar: «Ay, mi niña, que se me ha muerto. Ay, qué desgracia más grande. Ay, que esta pequeña va por el mismo camino. Ay, qué he hecho yo para merecer esto». Le asaltaron los tremendos estrépitos desde allá al fondo, donde agudizó un poco más el oído y escuchó a Goyo suplicar a Serafín que dejase de romper las estatuas familiares y los lienzos, que por favor intentara calmarse y se uniera al dolor de su esposa, que bastante grande era.

Ernesto llegó al corredor de las habitaciones como sonámbulo, sin ser consciente de que sus pies le habían llevado hasta arriba, porque el cerebro lo tenía bloqueado, pero enseguida vio que la habitación de Elvirita estaba abierta y hacia allá fue. Adentro todo era silencio y paz, nada se escuchaba sino el casi silencioso rezo de Elena desde la habitación de enfrente. Allí yacía la pequeña de los De Miñares, tumbada en su cama, dormida temporalmente, con un gran mechón blanco cayendo en cascada sobre su pecho y con el rostro afligido. Así la dejó Goyo, así se quedó. No se movió hasta dos días después, cuando por fin la niña despertó presa de un ataque de histeria que a todos puso sobre aviso porque su hermana se había muerto, porque ella la soñó años atrás y no supo prevenir su muerte, porque odió a su madre sobre todas las cosas y la intentó apalear, porque le dio por mirarse al espejo y cuando descubrió su nuevo mechón lo hizo mil trizas con sus propias manos y por poco se corta las venas. Por todas esas cosas quiso también morirse.

Ernesto sabía que Elvirita cogería otro trauma, sabía que estaba inconsciente y que su desmayo esta vez duraría más tiempo, la conocía demasiado, pero esta vez ni siquiera se le acercó, sino que dio media vuelta y viajó hacia el cuarto de enfrente, donde Elena de Miñares permanecía arrodillada junto a su hija muerta, acariciándole los brazos y besándole las manos. Diciéndole: «He tenido yo la culpa, mi vida». Suplicando: «Ay, cariño, hija de mi vida y de mi corazón, llévame contigo que yo ya nada tengo que hacer en este mundo». Llorando: «Me quiero morir, Dios mío, ay, me quiero morir».

A las cuatro horas de estar muerta sacaron a Cordelia. Goyo se aventuró a bajar y rescatar el cadáver, y Nicolás y Vico se quedaron fuera sujetándole con una cuerda resistente capaz de sostener en vilo los dos pesos cuando subieran. La llevaron a su habitación y allí estuvo mimándola su madre hasta ahora, secándola con un pañuelo, cepillándole el cabello, cerrándole los ojos, rezando toda clase de oraciones y observándola más frágil que nunca, toda mojadita de agua y de sangre, pero hermosa como las hadas que aparecen en los cuentos.

A Ernesto le vino el llanto de golpe, porque suspiró muy fuerte y se echó a los pies de su cama, junto a Elena, quien nada más saber de su presencia le posó su mano en la cabeza y le mesó los cabellos suave y lentamente, notando que con él delante se sentía aún más triste y, sobre todo, mucho más culpable.

—Ay, Ernesto, hijo mío. Se nos ha muerto. No sé qué se pasó por su cabeza, pero se nos ha ido... —dijo Elena con los ojos hundidos por el llanto—. Siento que me voy a volver loca, que me va a estallar la cabeza en miles de pedazos, pero eso sería mi gloria, porque me moriría yo también. Yo no sabía que estaba tan mal, me lo dijo Elvirita hace unos meses, pero yo no sabía... ¿Cómo iba yo a imaginarme esto? ¿Cómo, Dios mío?

Ernesto ni siquiera la escuchó. Apretó las ropas de la muchacha sobre su rostro y lloró amargamente, aunque pronto tuvo que echar la cara para atrás por el fuerte hedor de la sangre seca. «¡No, Dios, no!», dijo, porque la adoraba sobre todas las cosas, y se sintió tan roto por dentro que cada vez que observaba su pálido cadáver se estremecía. Incluso sintió un profundo miedo. «¿Qué te han hecho, amor mío?», porque estaba tan hinchada de vientre para abajo que le hubiese sido imposible reconocerla de no haber sido por su cara, que era la misma cara preciosa de siempre, pero dormida, dormida para toda la eternidad. Acostumbrado a verla con sus pomposos vestidos, tan fresca como una rosa y tan llena de vida, Ernesto sintió un extraño estremecimiento al mirarla con sus ropas de dormir, ensangrentadas y malolientes, con la expresión sufriente de desamparo, con la media lengua metida en la boca, tal y como se la dejó su madre.

Cordelia había adquirido el color azul de las ninfas. «¿Qué te ha pasado, corazón? ¿Qué es lo que te han hecho?», lloró Ernesto, y tal y como lo dijo se puso en pie y le informó decidido a Elena que habría autopsia, que él mismo se encargaría de hacérsela y que no toleraba un no por respuesta. Sin embargo, a Elena no le pareció necesario, porque estaba segura de que había sido suicidio, que no tenía la menor duda, que su hija siempre tuvo pánico al matrimonio y que no lo pudo superar.

—Nunca creyó en el matrimonio, Ernesto. Fui yo quien la obligó a decir que sí al vuestro. Yo soy la culpable de esta desgracia. Ábreme a mí en canal si quieres, porque yo me lo merezco, pero no lo hagas con mi hija, te lo pido por Dios.

Entonces Ernesto miró a Elena con no poco desprecio y se inclinó al lecho, elevando a su amada muerta en los brazos y saliendo de la habitación para dirigirse a las cocheras, el primer lugar espacioso y tranquilo que le vino a la cabeza. Hubiera preferido llevarla a las cocinas, porque eran mucho más cómodas y entraba mucha más luz, pero desistió, porque eran más pequeñas y contaban con más ventanas. Las cocheras eran el lugar ideal, allí nadie le molestaría.

Iba muy lanzado; a falta de manos libres arreó una patada a la puerta de la habitación que la abrió de golpe, y atrás, arrastrándose, corría Elena de Miñares suplicante, con la cara desencajada porque el doctor se llevaba a su hija para abrirle y sacarle las entrañas.

—¿Adónde te la llevas? ¡Tráela a su cama! ¡No permitiré que la abras en canal! —gritó Elena escaleras abajo—. ¡Ernesto! ¡Te lo pido por lo más sagrado! ¡No quiero que lo hagas! ¡No tienes derecho!

Pero a sus gritos enseguida acudieron los demás miembros de la servidumbre y entre todos la cogieron y se la llevaron al salón del hogar, donde le dio un tabardillo y a pique estuvo también de perecer. Eso dio a Ernesto la oportunidad de salir sin obstáculos hacia las cocheras. Arriba Serafín de Miñares y Goyo también escucharon el jaleo de la mujer, pero no estaban por la labor. Las estatuas y lienzos hechos trizas parecían observar el alba y escuchar los gritos con calma, y agradecieron que el padre deshecho también se hubiese calmado y ahora ni se inmutase, abrazado al cuello de Goyo y sentados los dos en las escaleras del desván, aturdidos, con las fuerzas desvanecidas por no sabían dónde.

—¿La van a rajar? —preguntó Serafín.

—Claro, el doctor necesita saber de qué ha muerto —respondió Goyo con sus brazos rodeando al hombretón de la casa.

—Elena no quiere, parece —dijo aturdido—, pero yo sí, porque mi niña no se ha matado. Estoy seguro, ¿verdad que no tiene sentido pensar eso?

Goyo asintió y prefirió no decir nada. Sentía rabia por no haberse dado cuenta de su huida aquella fatal noche, tanto que vigilaba, tanto que no sirvió para nada. Estaba aturdido y tampoco tenía muy claras las cosas, pero suspiró aliviado al pensar que al menos la niña Cordelia estaba en manos de Ernesto Rosales, única persona cuerda de la casa, deliberando al mismo tiempo cuál sería su diagnóstico al acabar su tarea, llorando a veces de lástima al adivinar el desamparo del pobre muchacho, tan enamorado y con qué triste desenlace se le fue su adorada prometida. Pero, al igual que todos los demás, no salió de dudas hasta el mediodía, cuando después de haber pasado las últimas horas junto a su amada, el doctor Rosales emergió de las cocheras. Para entonces la casa ya se había llenado de amigos y familiares, por todos lados se veía a la gente sollozando y preguntándose unos a otros qué había pasado, pero la inmensa mayoría ya empezaba a impacientarse a las puertas del dormitorio de coches. «¿Qué hará ahí metido tantas horas?», decían algunos. «¿A quién se le ocurre hacer una autopsia en las cocheras?», decían otros.

Cuando Ernesto Rosales salió de su sala de autopsias todos se le fueron encima. Tenía los ojos rojos de tanto llorar y un aspecto deplorable. Se frotó la cara con las manos y observó a la multitud de personas que estaban esperándole impacientes desde hacía horas, unos empujando a otros por tal de enterarse primero de la causa de la muerte. Cerró la puerta con la llave, lentamente, como si hubiera querido no despertar a su amada yaciente en la mesa de las herramientas. Se detuvo frente a ellos y se extrañó de verlos tan aglomerados ante él. Rogó que, por favor, le dejasen respirar.

—¿Qué le ha pasado a mi sobrina, doctor? —exclamó un hermano de Serafín de Miñares que se había adelantado a los demás.

—Ha sido un accidente —dijo en un hilo de voz—. Déjenme pasar, por favor.

—¿Accidente? ¿Cómo llegó la muchacha hasta el pozo? No lo entiendo —volvió a preguntar el tío de la muchacha—. No nos esconda nada, doctor, la niña sufría una crisis emocional por su matrimonio.

—He dicho que ha sido un accidente —reiteró Ernesto Rosales tratando de controlar sus sentimientos—. No hay nada más qué decir, así que, por favor, espero que tengan la delicadeza de dejarme tranquilo y respetar mi dolor.

Lo vieron salir aprisa bordeando la casa y perderse en los jardines del este, estudiando al dedillo el lugar y tomando muestras de sangre del suelo. Todos pensaron que se había vuelto loco. Se quedaron pensativos, no le acabaron de creer, pero en los sucesivos días la incertidumbre no se saldó, porque aquellos curiosos nada más vieron a Ernesto el día del entierro de su difunta prometida, vestido de riguroso luto, y nadie le pudo sacar una palabra más. Desapareció ese mismo día, después de quedarse hasta el oscurecer al lado de su tumba, que por deseo de la familia se cavó en los jardines del norte, junto a su columpio, y cuando los últimos claros dejaron paso a la noche, Ernesto Rosales se marchó en su Ford T sin ni tan siquiera despedirse. Nadie lo vio aparecer en los días sucesivos, ni en los meses, ni en los años siguientes. Se evaporó como la nada.

CAPÍTULO 10

Mírame, hermana. ¿Me ves? Cómo he desmejorado desde la última vez que me viste estando tú viva. Han pasado diez años, los suficientes para yo caer en deterioro y semejar una mujer de mucha más edad de la que en realidad tengo.

Que yo sea material y tú espíritu no significa que no puedas ver mi decadencia. Tienes vista, y muy buena, porque me persigues por donde quiera que voy y te me apareces por donde menos me espero, pero así sois los fantasmas, que al no tener cuerpo podéis escudriñar aquí y allá sin necesidad de esconderos. Es una de vuestras facultades.

Me miro a veces en el gran espejo de pie que la abuela Aurora te regaló, ese que aún conservamos en la que fuera tu habitación, intentando visualizar cualquier signo de belleza en mis rasgos, preguntándome que, si tú te miraste en él y te volviste cada día más bonita, por qué no me iba a suceder lo mismo a mí. Pero qué tonta soy, hermana, pues el espejo no es mágico. Nací poco agraciada y así moriré, supongo, feúcha y desgarbada, con el cabello cobrizo recogido sobre la nuca, como Belinda, ¿la recuerdas?, nuestra criada. Tampoco sonrío, porque me faltan dos dientes. Me caí una tarde tratando de esquivarte; tropecé con el vestido y me fui a dar de bruces con el enorme jarrón chino que tenía mamá junto a la escalinata. Ahora el jarrón está roto, y mis dientes también. Tuve suerte de no caer escaleras abajo, no se puede ir por ahí apareciendo por los rincones. Aún no sé cómo no he cruzado al más allá de un ataque de susto.

Como ves, hermana, voy para monja. Apenas sí me da la luz del día y mamá dice que me volveré amarilla como un pergamino si no me pongo al sol, pero no me apetece salir de casa. Prefiero estar aquí, contigo, contándote mis penas, mis inquietudes, asegurándote que todavía me parece imposible que te puedas comunicar conmigo. ¿Pero por qué solo conmigo, Cordelia? ¿Por qué no te pueden ver y escuchar mamá, papá o Goyo, o incluso Dora, la única criada que ahora está en la casa? A veces Goyo me sorprende hablando contigo y yo te grito «¡corre, escóndete!», pero me sonríes y te quedas donde estás, tan pálida y hermosa como antes de irte de este mundo, porque sabes que nadie más que yo es capaz de verte. Entonces Goyo me mira y sacude la cabeza, luego se acerca con una extremada paciencia y me dice: «Elvira, hija, ¿hasta cuándo te vas a estar torturando de esta manera?». Y yo te miro y me río, porque para mí es todo un logro burlarle.

Goyo ha perdido el control sobre ti. Ya no conoce tus pasos, ya no sabe dónde andas ni con quién; ya no sabe nada. Cuando me sorprende hablando contigo y se retira apesadumbrado porque me cree loca, se pone a llorar como un crío y se va a seguir con su tarea de águila imperial, porque yo sé que en el fondo sabe que te veo y él quiere verte también. Pero no puede, ¿verdad? Solo te muestras ante mí.

Goyo no es ni la sombra de lo que fue. Tiene casi setenta años y cada vez está más encorvado. Deja caer el peso de sus hombros sobre el cuerpo y ya no anda erguido como antes. ¿Te acuerdas? Parecía que se había tragado un paraguas. Allá donde íbamos él iba detrás, a veces invisible, porque se las armaba para sorprendernos en los más recónditos lugares sin nosotras apreciar siquiera su presencia. Nos escondíamos por así despistarle, tú tras los setos en los jardines del lado norte, yo en las cocinas, dentro de los armarios, pero siempre nos encontraba. De repente lo veías desempolvando las estatuas del corredor de arriba y en cuanto te movías un poco ya estaba en las cocinas, dando órdenes a la servidumbre. Tenía poderes, ¿verdad que tú también lo pensabas? La cuestión principal era controlarnos, esa era su obsesión y por consiguiente su más preciado trabajo, bien lo tenía enseñado mamá. Pero ahora ya ha perdido toda su omnipotencia. Anda arrastrando los pies y tiene la respiración agitada. Se le escucha a leguas y hasta que llega a mí pasan horas. Ya me he acostumbrado a su nueva faceta, se ha hecho viejo, es más bien un trasto que un mayordomo, pero le quiero mucho y soy muy feliz por tenerle todavía con nosotros.

En cambio el resto de los criados se fue sin remisión porque papá los echó. Cuando tú nos dejaste papá abandonó su negocio de los vinos, y nuestra economía se fue al traste en muy poco tiempo, igual que nuestras vidas. La servidumbre se fue llorando, suplicando quedarse en la casa aun con la mitad de sus sueldos, pero a papá ninguno logró convencerle y lo único que les dijo fue que tuvieran suerte en la vida y que dejaran todo en la casa limpio y ordenado. El único que junto a Goyo conservó su sueldo fue el chófer, Guillermo, que se quedó con nuestro hermano Víctor para continuar con él lo que dejó con papá. Los vinos pasaron a manos del primogénito, pero parece que tanto tiempo en Londres no le sirvió lo suficiente como para tener el buen olfato negociador de nuestro padre, y el Miñares de Osorio ya nunca más fue el mejor vino.

Ya nada es lo mismo, todo entró en decadencia cuando tú te fuiste, hermana.

Escribo tu historia, Cordelia, como si de un cuento de hadas se tratara, porque tú eres como un hada, hermosa y etérea, y por donde pasas dejas olor a rosas y a jazmín. Tu presencia me inspira. Pero también Goyo me aporta hechos, recuerdos por mí olvidados que me ayudan a ordenar mis ideas. Si le digo que estás conmigo se remueve nervioso y se marcha arrastrándose hacia un lugar donde no le pueda ver asustado. Siente miedo porque le explico que has vuelto, pero, si le digo que te has ido, vuelve a mí con la fidelidad de un buen amigo. Él cree que estoy perdiendo la cordura, por eso me mima como si aún fuera la Elvirita pequeña a la que un día le salió un mechón blanco después de soñar con el pozo que fue tu perdición.

Me adueñé de tu último testimonio hace unos días, y desde entonces te has convertido en poco menos que mi sombra. Te sorprendí escondida tras mis cortinas, invisible al principio, tan ligera como las sedas de la tela. Me vigilabas silenciosa, sin moverte, sin ser consciente del sobresalto que me ibas a dar si te veía. Yo escribía poemas recostada sobre mi cama, con Dama tumbada a mi lado. No te hubiese notado de no haber sido por ella, que en cuanto advirtió tu presencia se incorporó en la cama y agudizó todos sus sentidos; se puso nerviosa y en alerta. «¿Qué pasa, Dama?», pero bajó de la cama de un salto y sollozó asustada sin hacerme ningún caso. Ya es vieja, pero los sentidos los tiene intactos. Comenzó a dar vueltas sobre sí misma, inquieta, dirigía su mirada hacia las cortinas, donde tú estabas, pero por más que yo miraba para ellas no pude distinguirte. Entonces Dama te ladró y tú debiste asustarte porque las cortinas comenzaron a moverse sin estar la ventana abierta. «¿Quién hay ahí?», pregunté, pero no me contestaste. Dama gruñía sin parar y a mí me empezó a entrar el miedo, así que me levanté yo también de la cama y me dirigí asustada hacia la puerta. Dama tuvo reflejos suficientes y salió corriendo escaleras abajo, ladrando, todavía se las arma bien para formar jaleos. En cambio a mí los reflejos me fallaron en cuanto noté una brisa fría congelarme la nuca. Te sentí detrás de mí, sin verte te reconocí. «Elviriiiiiiiiita», me dijiste con tu voz del más allá, y yo no me quedé en el sitio de milagro. Ya nadie me llama así. Entonces fue cuando salí corriendo y me rompí los dos dientes. Papá se asustó muchísimo y a mamá le dio uno de sus jamacucos por el revuelo que se formó. Me golpeé la cabeza y pensaron que desvariaba cuando dije que habías vuelto.

—¿Han vuelto los susurros? —me preguntó papá cuando al fin consiguió que volviera a mi habitación.

—No, papá, quien ha vuelto es Cordelia —le dije, y papá se levantó con ánimos de abofetearme, aunque en lugar de hacerlo se puso a llorar con las manos en alto y gritando verdades como templos.

—¡Deja de martirizarnos, hija mía! Te has pasado la vida moviéndonos como a títeres, has hecho lo que has querido de nosotros. Construimos el pozo de tus sueños que luego fue la tumba de tu hermana, hemos aguantado todos tus caprichos y tus celos infundados, tus complejos tontos, tus traumas... A tu edad las muchachas van a fiestas y piensan en casarse y tener hijos. ¿Por qué tú no eres como las demás? ¡Mírate! Se te ha ido el color, y a pique está de írsete la juventud. ¡Tu habitación huele a cerillas! ¡Abre esa ventana para que te dé el aire, mujer de Dios!

Y tanta razón tenía que no contesté. Papá se marchó llorando sin consuelo y yo me quedé sentada en mi cama, temblando de pies a cabeza, esperándote. Entonces te vi. Estabas quieta en el rincón del armario, el más oscuro, con tu melena dorada tapándote el rostro, encogida, como si hubieses estado muertecita de miedo. Eras como una sombra brillante adherida a la madera del armario. Hubiera salido corriendo de nuevo, pero sentí un pánico incontrolado que me paralizó los miembros. «Soy yo», me dijiste, y te levantaste y me miraste con una mirada vacía, triste donde las haya. Llorabas, y de repente me volví loca y yo también lloré, y grité a los cuatro vientos que necesitaba ayuda, que me estaba muriendo en vida y que ahora encima venía tu fantasma a atormentar más mi vida.

Era el atardecer, el sol se escondía, y conforme iba oscureciéndose tú mejor te mostrabas. Tu voz era lejana, un susurro de aparecidos. «Ayúdame. Tienes muchas cosas que saber —me volviste a hablar, bien pegadita a la madera del armario—. Ven», y me brindaste una mano pálida y gélida para que te acompañara al desván, el lugar donde se escondía tu segundo diario. Estabas pálida, hermosísima, mucho más que en vida, con tu túnica blanca y tu melena dorada cayendo en cascada sobre tu pecho, con esa mirada triste que te acompaña aun ahora, tan frágil y delicada que pensé estar ante una aparición celestial. Un poco más calmada te dije que sí te ayudaría sin saber muy bien a qué iba a ayudarte, y tú me guiaste hasta la clave que me serviría de camino hacia la auténtica verdad: tu segundo diario.

Hoy hace un mes que regresaste. Bajo a comer de vez en cuando con mamá y papá, más por compromiso que por gusto o necesidad. A veces Dora, la única criada que nos ayuda en los menesteres de la casa, me prepara un plato con lacón y pan sobao y me lo sube en una bandeja; lo hace cuando no quiero bajar y me apetece estar sola o contigo. Papá cada día se queja más de sus piernas y se le están deteriorando sus reflejos. En ocasiones se le cae el salero con capuchón y todo en la sopa. «Vaya, sí que estoy torpe», dice así, bromeando, pero mamá se enfada y le pregunta si está tonto o qué. Los años a mamá, como ves, le han empeorado aún más su carácter. Si no tiene buen día no hay quien la aguante, y papá por no oírla se pasa los ratos en el lagar, donde los empleados de Víctor trabajan el vino. Vigilando sus viñas se le pasan las horas, porque ya no viaja, el negocio de los viñedos lo lleva íntegramente Víctor. Supongo que echa de menos el ajetreo de antaño, ahora llevado por su sustituto. Está contento de que su vino, el Miñares de Osorio, se siga exportando tan bien al extranjero, pero, como te he dicho antes, ya no es el mejor vino, y la competencia nos lo está poniendo difícil. No es tarea fácil para Víctor, que ya empieza a cansarse del negocio, aunque sé que a papá no le dirá jamás eso. Ah, los batracios también han desaparecido de la casa, cosa que alabamos todos.

A papá le gusta que Víctor y Evangelina pasen algún fin de semana en la gran casa junto a sus retoños, Anxo y Frederica, dos niños hermosísimos que corretean por la casa alborotando nuestra paz y aportando luz y color a este mundo de sombras. Te preguntarás por qué no viven aquí, teniendo tantas habitaciones libres y tanto espacio para todos, pero no viven con nosotros porque Evangelina aún te recuerda demasiado y porque Víctor, nuestro queridísimo hermano, prefiere vivir todo el año en su gran morada de Lugo para así no cansarse de vernos.

Anxo es el vivo retrato de su padre, alto y delgado, con los ojos verdes y de piel morena. Frederica, sin embargo, es rubia y bajita como tú, hermana. Se pasa los días jugando con tus cosas, se peina con tus cepillos, se pone tus vestidos, y nadie es capaz en esta casa de negarle nada. Mamá está encantada de sus dos nietos, pero dice que Frederica es tu viva estampa y se nota a la legua su predilección hacia ella.

Mamá tiene rota el alma y la veo llorar a menudo. Su belleza de hada reina se está comenzando a marchitar, y aquella gallardía que imponía junto a su piel tersa de melocotón se están echando a perder. Hay veces que a Frederica la llama Cordelia, y Evangelina se disgusta tanto que se va corriendo a recomponer el equipaje de fin de semana para irse de aquí. Cuando tu muerte la pobre se pasó semanas llorando y cayó en depresión. Creo que aún no ha superado que te has ido. Si se entera de que has vuelto se muere.

Provocas en mí un ligero malestar, sobre todo cuando te sientas en mi cama y me cuentas lo que pasó en realidad, más allá de lo que cuenta tu diario. Aquí lo tengo, sobre mi mesita, de lomo rojo y dorado, me guiaste hacia el baúl donde lo guardaste, y ahora lo sé todo. Me cuentas cosas inéditas que me llenan de enfado e impotencia, y sé que darías tu alma por verme bien casada y feliz después de saber de mi decadencia aquí atrapada entre estas cuatro paredes. Tu desenlace fue fatal, buscas mi ayuda y la de otra persona muy especial para ti, pero aún estoy recomponiendo mis piezas rotas al conocer la verdad. Sin embargo, déjame descansar, hermana. Deja que cierre los ojos y vuele a un mundo lejano, donde un bello príncipe me rescate de las fauces de un dragón alado en lo más alto de un torreón. Un príncipe que me encuentre dolorosamente hermosa y desenvaine su espada para distanciarme de cualquier mal. Deja que pueda dormir para volar a un mundo lejano, muy lejano de aquí...

1 enero de 1919

Querido diario:

¿Soy yo misma o me he convertido en la protagonista de un sueño? Quizá ahora forme parte de un mundo totalmente distinto al mío, un mundo lleno de amor, de cosas hermosas, sin melancolía ni mentiras. En ese mundo todo es perfecto, nada se me va de las manos, todo lo tengo controlado, nada es promiscuo.

Llevo ocho días y ocho noches sumida en un sueño espléndido; ando como atontada por toda la casa, sin escuchar a mis padres cuando me hablan, ahora ya apenas le tomo atención a nada. Nunca pensé que estar enamorada era perder el apetito y las ganas de dormir; el amor siempre fue para mí un extraño sentimiento que apenas sí rocé de lejos, pero ahora puedo sentir su magia a todas horas.

Quiero a Martín sobre todas las cosas, lo amo con una pasión desbordada que tanto desconocía tener, porque ahora sé cómo son sus besos y sus caricias. Desde que nos amamos en Nochebuena, el tiempo ha pasado tan rápido que me da miedo pensar si no fue un sueño esa miel que no logro quitar de mi boca. A pique estuvimos de no poder decirnos los más íntimos sentimientos y las más bellas palabras de amor susurradas al oído. Sí tuvimos el tiempo suficiente para recorrernos de mil maneras y amarnos y adorarnos como locos, y hubo suerte de no dormirnos, porque cuando extenuados nos enlazamos casi muertos de agotamiento, el reloj de pared de la primera planta nos informó de que ya tocaban las tres de la madrugada. Hubiera preferido no levantarme tan de golpe porque del susto me caí de la cama y me torcí la muñeca. Me di cuenta entonces del gran riesgo que corríamos los dos de ser descubiertos y los nervios me hicieron tropezar con todo lo que tenía por delante. Martín también se sobresaltó, sobre todo cuando me escurrí de sus brazos y me lancé al suelo de golpe. «No te marches todavía. Quédate y al amanecer te acompaño y trepamos por el desván», me dijo suplicante, pero temía por Goyo. Goyo es como un fantasma. Aparece y desaparece cuando y donde menos te esperas. Si no hubiera sido por él, bien sabe Dios que me hubiera quedado, no había nada en el mundo que más deseara, pero era demasiado arriesgado. Despegarme de sus brazos me fue bien difícil, la calidez de ese cuerpo acogedor y protector no me puso fácil el partir, pero tuve que marchar. «¿Y por dónde vas a entrar?». Y ciertamente tenía razón. Estaba tan nerviosa que apenas sí podía pensar, pero de pronto me vino la luz a la cabeza. «Por las cocinas», le dije. Seguro que estarían abiertas, y si tenía la mala suerte de ser sorprendida por Goyo, siempre podía decir que bajaba a comer cualquier cosa porque estaba algo desmayada, en realidad poco comí esa noche. Todos pensaban que estaba durmiendo presa de un dolor de cabeza, así que no tenían por qué dudar. Martín se frotó la cara, me dijo que no estuviera tan segura, que no sería fácil entrar a la casa sin ser vista, que anduviese con mil ojos. «¿Y qué pasa con Vico y Nicolás? Estarán en el vestíbulo y te verán subir», me dijo, pero le tranquilicé diciéndole que los dos dormían como niños en sus habitaciones, porque estaban como una cuba. Le expliqué que yo misma había visto al propio Goyo traerlos al albergue con la ayuda de Víctor y Ernesto Rosales, pero Martín se puso cabezón y prosiguió con su afán de querer acompañarme, levantándose súbitamente de la cama y calzándose sus botas. Insistió hasta hacerme enfadar, pero lo único que le permití fue que me ayudara a vestirme. «¿Cuándo volveremos a vernos entonces, Cordelia?», me preguntó mientras estiraba cruelmente de las cuerdas del corsé. En realidad no sabía cuándo nos volveríamos a ver.

Me vestí muy rápido, la melena alborotada pude recogérmela en la nuca y a eso de las tres y media me dispuse a partir. «Que no se me olvide el chal», le dije intentando recordar dónde lo había dejado y buscando por los recovecos de la habitación. «Deja que al menos te acompañe hasta la puerta de abajo», me dijo ofreciéndome mi pieza de lana, que había estado bajo nosotros durante todo el rato de amor y ahora se mostraba hecho un desastre por las arrugas, pero le hice callar con mi dedo en sus labios de azúcar. Cuando abrí la puerta el silencio fue tan grande que dejé de temblar, y Martín sé yo que también. Diciéndole «te quiero» y dejando un beso en el aire, le cerré la puerta y emprendí mi viaje de regreso.

Esta vez no me tropecé con el pedrusco. El frío calaba hasta los huesos, pero a mí me pareció solo una brisa; estaba sudando. Caminé muy pendiente de no toparme con nadie, Basilisa y sus hijas todavía no habían ido a dormir y a mí me entraron los temblores solo de pensar que existía la posibilidad de encontrármelas por el camino, añadiendo el desasosiego de que también era posible que Goyo se hubiera podido prestar a acompañarlas a esas horas, como muy normal hubiera sido. Me metí por entre los arbustos para no ser sorprendida y poder controlar, y doy de nuevo gracias a Dios porque la fiesta todavía estuviese en pie y las puertas de las cocinas abiertas, sin Goyo ni nadie por los alrededores. Aún se oían los gritos y cantares de los caballeros borrachos dentro del gran salón cuando subí la escalinata de mármol, muy despacito, para así vigilar que Goyo no estuviera volando por el corredor de las habitaciones.

Ya estaba arriba cuando oí abrirse las puertas del salón y escuché salir a un matrimonio que esperó en el vestíbulo durante unos minutos. «¿Ya han avisado al mayordomo?», preguntó el esposo. «Sé paciente, ya he avisado a Elena de que nos íbamos. Las criadas se encargan de buscar al mayordomo». Desde mi cuarto escuché al flamante Goyo salir del gran salón apenas dos minutos después, porque le oí con su voz elegante y distinguida señalarles el lugar donde estaban sus abrigos. Fue en el momento de escuchar a Goyo cuando yo suspiré más aliviada, era demasiada la tensión que anidaba en mis adentros y en el momento de cerrar silenciosamente la puerta ya empecé a sentirme tal y como me siento ahora, tan llena de vida, tan sumamente hermosa, tan completamente feliz.

Han pasado ya ocho días desde mi primera cita de amor y todavía me siento flotar. Casi no como, tengo un nudo en el estómago que me impide entrar los alimentos, hago lo que puedo por engullirlos, pero el cosquilleo me hace reír. Mamá me observa de reojo durante las comidas y me pregunta qué me pasa, que si me he vuelto tonta de golpe. La sorprendo mirando a papá con miradas acusadoras como obligándole a reñirme, pero el pobre se encoge de hombros y no le hace ni caso, prefiere seguir comiendo. Mamá insiste muy cínicamente en que les explique a todos qué es lo que me hace reír, pero en ese instante el cosquilleo y la risa se me paran. Si se lo explicase, se moriría de un tabardillo.

20 de febrero de 1919

No sé lo que me pasa, querido diario, pero llevo unos días que no me encuentro muy bien. Fíjate por dónde, ni ganas de escribir tengo. Ay, debo haber cogido una gripe, porque me duelen todos los huesos del cuerpo y me siento tan débil que apenas sí quiero salir a pasear para poder ver a mi adorado

Martín, que bien me echará de menos. Desde la Nochebuena no he tenido oportunidad de hablar con él, aunque sí de verle, porque, si no es mamá, es Elvirita quien se empeña en acompañarme las pocas veces que salgo a los jardines, y es evidente que apenas sí podemos dirigirnos unas tímidas miradas.

La última vez que lo vi fue el jueves, ahora hace justamente cuatro días, mientras Elvirita y yo paseábamos con Dama. Mamá se sintió indispuesta y prefirió quedarse en casa bordando, pero bien la vimos vigilar tras los cristales cuando salimos al porche. Si nos escapamos de sus ángulos, es Goyo quien merodea alrededor nuestro; Elvirita y yo ya intuimos su invisible presencia, a pesar de que todavía no hemos aprendido a despistarle. Mi hermana me pregunta que por qué se empeñan en custodiarnos si no hacemos nada malo, si ya sabemos que somos señoritas y no nos vamos a poner a jugar ni a levantarnos las faldas, porque tampoco vamos a correr, a menos que llueva, y yo no sé qué contestarle. En realidad para mí el fastidio de tenerlos presentes tanto a uno como al otro es mucho más grande que para ella, sobre todo porque siempre hay alguien que me impide estar un segundo a solas con Martín.

Ay, mamá, mamá, qué lista eres. Adviertes algo, me encuentras rara, me ves radiante y te preguntas por qué. Me pillas riendo por los corredores y por cualquier sitio y me miras sorprendida. No puedes adivinar lo que me pasa y eso te carcome, ni siquiera me hablas de Ernesto. Ahora parece que el cambio de Elvirita y la boda de Víctor te merecen más atención, pero me sigues vigilando, en realidad te preocupo más que todo lo demás. No te das por vencida, ¿verdad? Estos días estarás contenta, no he salido ni un momento a los jardines, pero no es precisamente porque no quiera, sino porque no estoy bien.

Desde el día de Nochebuena Ernesto Rosales no ha parado por casa, y más le vale a mi hermana no ponerse tonta con sus males absurdos, porque si viene significa reunión, té con pastas y tertulia familiar. No podría mirar a los ojos a Ernesto sin sentirme una lacra, por eso prefiero no verle por aquí en mucho tiempo.

No entiendo todavía por qué me indispuse la mañana de Reyes, pues me dio un mareo mucho antes de que me levantara, todavía en la cama, y el mal sabor de boca de después me produjo una ligera angustia que no se me fue tan fácilmente. Ya estaba vestida cuando de pronto escuché los gritos de Belinda, que por toda la casa iba anunciándonos que mi hermana se había caído inconsciente. «¡Ay, corran! ¡Elvirita se ha desmayado!», y todos ya levantados acudimos a su habitación con la increíble preocupación de no saber por qué la veíamos tendida en el suelo, sobre la pobre Dama, con una gran mancha roja en su camisón blanco, igual a la del colchón de su cama. Temí que los demás se dieran cuenta de mi trastorno, por un momento creí que Elvirita se dio cuenta de mi estado, porque se me quedó mirando muy fijamente desde su cama ya limpia, pero al poco empezó a gritar y entonces me quedé más tranquila. Mi mareo se acentuó mucho más conforme iba pasando el tiempo y el mal sabor de boca volvió a angustiarme, si me movía del sitio me caía, y hasta que a Elvirita no le dio el arrebato de echarnos a todos de su cuarto no me levanté de la cornisa, tambaleándome hasta el punto de tropezarme con Dama, que ahora reposaba a los pies de su cama. «¡Mami, que se vayan todos! ¡Que se vayan!», gritaba desgañitándose, y no se quedó tranquila hasta que no nos marchamos todos, bien, todos menos mamá. El mareo me duró todo ese día y no parece que se me haya ido aun ahora. No sé, pienso que ya por entonces comenzaba a incubar la dichosa gripe.

El último día que pude ver a Martín fue Elvirita quien me acompañó a los jardines. Lo vimos ordenando sus herramientas frente a las cocheras y la sonrisa de oreja a oreja al sentir mi presencia sin mamá se le dibujó desde lejos; su rostro se iluminó como un fósforo. Dejó sus herramientas a un lado para saludarnos, y puedo asegurar que en ese instante a mí el corazón me hizo las mismas chiribitas que antes de nuestro encuentro furtivo, cuando su amor era solo un sueño y hablar con él una tortura.

Hemos aprendido a comunicarnos con la mirada, así que para nosotros no es difícil decirnos «te quiero» sin que los demás se enteren. Elvirita anda demasiado distante, desde que le vino el periodo está como ida, creo que va a coger otro trauma, así que con ella estamos a salvo, al menos eso creo. Martín se acercó limpiándose las manos de tierra, se ve que cogió un poco de frío porque lo vimos estornudar mientras venía hacia nosotras; se presentó con las manos en los bolsillos, titubeante. «Buenos días, ¿qué hacéis por aquí con el frío que hace?». Me entró la risa, porque fijó su mirada en mí con su «te quiero» particular y no pude remediar carcajear. «Estamos paseando, Martín. Vaya, tienes la nariz como un pimiento, ¿te has resfriado?». Elvirita ni siquiera advirtió su saludo, los dos la vimos seguir caminando patizamba, con Dama detrás, tristona porque se encontraba mal y porque todavía no acababa de acostumbrarse al incómodo paquete de entre las piernas. Pobrecilla, dejar de ser niña le ha venido de sorpresa y si hablar conmigo nunca fue su natural ahora lo es menos. Se alejó por los jardines del oeste y a Martín y a mí nos dejó solos, junto a su carretilla y sus herramientas, con la esperanza de al fin tener el privilegio de estar un solo segundo a solas y poder decirnos muchas cosas con palabras, por un momento atrás quedarían las miradas parlantes. Pero desgraciadamente poco pudimos hablar, porque al acercarse él con disimulo y soltarme un «Te echo de menos, Cordelia» escuchamos a su tío Vico que desde las cocheras clamaba su ayuda para arreglar unas estanterías. «No, joder, para una vez que estamos solos...», renegó. Sin embargo, tuvimos que despedirnos a la fuerza. Le escuché maldecir como la tarde de la tormenta, la tarde de nuestro primer beso, luego enclavijó los dientes de la rabia y se encolerizó tanto que agarró la carretilla de mala gana y del repenchón se le volcó de lado, dejando caer al suelo todas las herramientas y algunas flores secas. La última maldición que echó fue la reina de todas las maldiciones, porque nombró a todos los santos habidos y por haber. «No digas barbaridades, eso está muy mal», le dije, y de repente le vi mirarme de reojo y comenzar a reír a carcajadas. «¿Se puede saber de qué te ríes?». Lo vi encogerse de hombros y decirme que no sabía por qué, que quizá se reía porque me quería mucho y había perdido de pronto la cordura, pero al poco volvimos a escuchar a Vico llamarle y entonces se le paró la risa de golpe. «¡Ya voy! ¡Ya voy!», exclamó recogiendo las herramientas y las flores secas. «Vete, mi vida, que no nos vean juntos mucho tiempo. Recuerda que te quiero», me dijo mientras volvía a poner recta la carretilla y se dirigía hacia las cocheras. «Adiós, mi amor», le dije en silencio.

Oh, Martín, por qué nos ha tocado ser de clases tan diferentes. Si un día les dijese a mis padres que quiero casarme contigo, se echarían para atrás de la risa, como si los estuviera viendo, y no es justo. Me angustia pensar que deseo estar contigo y no puedo, ¿por qué es tan difícil que dos personas que se quieran estén juntas? Estos cuatro días sin verte son para mí un suplicio, pero me encuentro floja y no me apetece demasiado salir a los jardines. A lo mejor si salgo me pongo peor, así que prefiero quedarme en casa, a sabiendas de que tú me esperas. No será fácil volver a encontrarnos, mi amor, no será fácil. Mamá dice que, si no mejoro, en un par de días avisará a Ernesto Rosales para que me haga un reconocimiento, así que a Dios pido fuerzas para que en poco tiempo este malestar me desaparezca. Rezaré por triplicado todas mis oraciones para que así sea. Amén.

12 de marzo de 1919

Ay, Dios mío. ¿Qué es lo que me pasa? No he mejorado nada en todos estos días, me mareo constantemente y apenas huelo la comida ya me vienen las arcadas. Lo de la gripe se quedó atrás, ya no voy a engañarme más. Imagino lo peor, querido diario, porque tengo ya dos faltas en mi menstruación. No entiendo mucho de estas cosas, pero es muy posible que dentro de mí esté creciendo una vida. Virgen santísima, siempre he sido un reloj con mis reglas, ¿por qué no me viene la sangre esta vez? De oídas sé que tras el primer acto el cuerpo de las mujeres cambia y se trastorna, pero dos meses de falta es mucho tiempo. ¿Qué puedo hacer? He de advertir a Martín de lo peor, nunca pensé en esta posibilidad, supongo que él tampoco, pero ya no puedo más. No le he visto desde hace unos días, porque ha hecho muy mal tiempo y llueve diariamente, pero he de tratar de encontrarme con él sea como sea. Es necesario que sepa de mi preocupación. Hasta ahora he preferido hablar de mis dolores y malestares desde un punto de vista lógico, porque perfectamente podría haber cogido una gripe de esas que hacen historia y se tardan en ir, pero las angustias y el retraso me hacen pensar que todo lo mío nada tiene que ver con un resfriado.

Sigo sin comer bien, ahora me da asco todo lo que me pone Basilisa en el plato, ya sea una sopa o un guisado, me estoy quedando en los huesos, pero, en cambio, en cambio... Oh, santo Dios, ¡en cambio, mi vientre está demasiado abultado! A veces pienso que es normal, que es tontería preocuparse de algo que no se sabe con certeza, que si mi vientre se ha hinchado es por la retención de sangre de dos meses. Pero otras veces pienso que mi sangre no baja porque estoy esperando un hijo, que mi primera cita de amor fue destinada para engendrar un ser inocente, que nuestro amor fue tan fuerte que bien pudiera ser que inconscientemente Martín y yo así lo hubiésemos deseado. He de esperar, si es cierto que estoy encinta, nada puedo hacer sino eso, esperar. Si por el contrario no lo estoy, es absurdo pensar en ridículas suposiciones.

Ayer tarde me caí por las escaleras del desván, bajaba de escribir en tus páginas, el golpe fue estruendoso. Goyo no tardó en plantarse en el corredor de las estatuas, sorprendido del ruido del batacazo, pero por suerte tuve buenos reflejos y me incorporé rápidamente, haciéndole creer que uno de los lienzos se había descolgado de las paredes. «¿Qué ha sido ese ruido?», me preguntó. «No te preocupes, Goyo, ha sido el lienzo», contesté sujetando el cuadro que más cercano estaba de mí. Se prestó a encajarlo de nuevo, pero le dije que no hacía falta, que ya lo ponía yo, que la culpa había sido mía por querer ponerlo recto, que lo descolgué yo misma y se me cayó de las manos. Así logré engañarle otra vez, aunque la que no se puede engañar soy yo. Me mareé desde la primera o segunda escalera, ahora no lo recuerdo, pero las ocho o diez restantes las bajé rodando. ¡Dios mío! Cuando acudí asustada a la habitación me desnudé ante el espejo de la abuela Aurora y palpé mis nuevos pechos, tan enormes, mucho más de lo que siempre han sido, también mi vientre, tan abulta-

do, tan puntiagudo. Nunca he tenido barriga, mi piel ha sido tersa y suave aun en esas zonas, pero ahora mi vientre ya no es tan resplandeciente y tiene volumen, se me está hinchando demasiado. No me puedo engañar más, el cuerpo me está cambiando muy rápidamente, creo que mis conclusiones son ciertas, estoy encinta. Esta mañana he amanecido angustiosa, y con un moratón multicolor en mi cadera izquierda. Ahí fue donde más fuerte fue el golpe.

Me miro al espejo, tan desmejorada, en dos meses mi cuerpo ha cambiado demasiado, y es entonces cuando mis dudas y mi tormento comienzan a desbordarse por mi imaginación. He de andar con más cuidado, Elvirita pasa muy a menudo por mi habitación, se ve que me oye llorar y entra preocupada. «¿Te encuentras bien, Cordelia?», me dice, y yo le contesto que sí, que no me pasa nada, pero que se vaya. No quiero que me sorprenda llorando, puede contárselo a mamá o a Ernesto y a ver qué les explico. Pobrecilla, sé que lo hace por mi bien, me persigue por todos lados, la noto por detrás, a cada momento. Es la única que parece preocuparse por mí. Julita ya no viene a abrirme las cortinas ni a darme los primeros buenos días, prefiero despertarme yo sola, sin necesidad de que nadie me levante las sábanas.

Mamá y la sastra han trabajado durante todo este mes en el diseño y confección de mi vestido para la boda de Víctor y Evangelina. Se casan dentro de dos días, pero no sé cómo me las voy a apañar para entrar en las medidas ya hechas. Estoy más delgada, apenas como, pero la rápida metamorfosis está empezando a ser evidente y tendré que inventarme algo para que no se me note nada. Ay, no sé cómo voy a hacerlo, si me sigue creciendo el vientre, dime tú cómo me las voy a arreglar para encajarme los corsés. Si es cierto que tengo un hijo en mis entrañas, lo asfixiaré por la opresión, pero es la única forma de pasar desapercibida. He de conseguir hablar con Martín, quizá él tenga una solución, no sé, quizá él sepa lo que hacer. Yo estoy bloqueada, apenas puedo ni pensar, no vivo, Dios, no vivo. Estar arrepentida de mi primera noche de amor no es muy consecuente, pero en cambio lo estoy empezando a estar. Intento recordar cada momento, razono si existe una posibilidad de quedar embarazada la primera vez que se ama, no puede ser que yo sea tan fértil, pero quizá exista esa posibilidad. Creo que mamá quedó encinta la noche de bodas, puede que sea de familia.

Oh, Dios, ¿por qué no pensaría en las consecuencias? ¿Por qué le amé tanto aquella noche y ahora me lamento tanto de lo que hice? Santa María, madre de Dios, ruega por nosotros pecadores, ahora y en la hora de nuestra muerte, amén. Ruego a todos los santos y a Cristo Dios que me baje de una vez la sangre, que soy muy joven y débil para acarrear con esa responsabilidad, que sea piadoso conmigo y me desangre si es preciso por entrepiernas abajo, no me importa estar enferma toda la vida de eso. Reniego de todo lo bueno de la vida, pequé y merezco ser castigada, aunque no de esa manera. Esa sería mi muerte. Te lo pido, Señor.

CAPÍTULO 11

El catorce de marzo amaneció radiante. El día se enfundó con un sol de justicia que a todos obligó a proveerse de sombreros de ala ancha, cegados por los rayos de luz. Algunas damas hubieron de ventilarse con sus abanicos y casi todos los señores tuvieron que despojarse de sus chaquetas. El día pues despertó tan deslumbrante como los novios que esa mañana se casaban, tan acaramelados, tan felices por su casamiento, tan pendientes el uno del otro, sin apenas tener conciencia de la multitud que contenta asistía a su unión.

La celebración fue espectacular, el banquete se hizo en casa, con más de cien invitados, con deliciosos aperitivos en los jardines del oeste y exquisitos manjares en el gran salón, a la hora de la comida. Todo el mundo se veía alegre: los novios, los padres, los críos que correteaban sin cesar por los jardines, jugando al escondite, las jóvenes parejitas que aprovechaban la ocasión para comprometerse para toda la vida... Todo parecía perfecto. Sin embargo, alguien paseaba sola e inquieta por los jardines, esquivando las miradas indiscretas de los mismos jóvenes que en cada fiesta lograban intimidarla, y escabulléndose de las amigas tertulianas de Elena, quienes indiscretas no podían remediar cuchichear entre ellas cuándo la verían a ella vestida de blanco, que bien guapa estaría con esa cara tan linda y ese andar tan saleroso. Cordelia paseaba nerviosa, caminando pensativa y procurando que nadie la parara, angustiosa y sofocada, con su paipái entre las manos. Estaba tan distraída que ni siquiera escuchó la llamada de su madre Elena, que la avisaba de que ya podía sentarse con los demás para degustar los aperitivos.

—¡Cordelia! ¡Ven, hija! ¡Los aperitivos ya están preparados!

Pero la muchacha pareció no escucharla desde la otra punta y Elena mandó a Elvirita para que la desencantase. La niña fue hacia ella a regañadientes con Dama tras de sí, como siempre, con su vestido de crepé amarillo y su melena cobriza, reluciente como una reina. Se le acercó por detrás.

—Cordelia, mamá te llama. ¿Vienes a sentarte con todos? —dijo Elvirita.

—¿Qué? —preguntó Cordelia volviéndose y abriendo su paipái para airearse, muy distante.

—Que si vienes a comer los aperitivos. Los novios ya se han hecho la foto.

Cordelia asintió con la cabeza; estaba mareada, pero lo intentó disimular con una sonrisita forzada. Mientras acompañaba a su hermana hacia las larguísimas mesas de delante de los porches, notó que el sudor de su frente y la opresión de su vestido la estaban sofocando demasiado, las miradas descaradas de los hombres que la observaban le parecieron aguijones de avispas en su cara y espalda, y sin poderlo remediar sintió un malestar repentino al oler la mezcla de aromas de los cientos de platos alineados en las tablas.

—Cordelia, ¿te pasa algo? —le preguntó Elvirita, que la empezó a ver con mala cara y se alarmó enseguida de su palidez.

—No, no, es el calor. Me está matando —le dijo abanicándose.

—Si te sientes mal puedo avisar al doctor Rosales... —insistió la niña.

Pero al oír esto, Cordelia se enojó mucho y se desvió de su camino.

—¡Que no me pasa nada te he dicho! ¡Y vete de mi lado, niña insolente!

—Qué carácter más agrio tienes, hermana —le contestó Elvirita alejándose unos pasos de ella con la perra Dama dando saltos por delante—. ¿Y ahora qué mosca te ha picado? Se lo diré a mamá en cuanto la vea —le iba amenazando por detrás—. No se puede contestar así a quien se preocupa por uno.

—Oh, sí, díselo, dile a mamá que se me ha agriado el carácter y que es para mí un suplicio tenerte como una sombra pegada a mí todo el día.

Así pues, cada una por su lado, enfadadas y a regañadientes, llegaron al fin a la hilera de mesas donde los invitados ya habían empezado a comer los aperitivos. El bullicio era evidente. Los comensales estaban contentos de estar en la celebración de Víctor de Miñares y la flamante Evangelina, quienes muy enamorados se besaban castamente en las mejillas a los ojos de todos para así dar muestra de su extrema felicidad. La novia iba vestida de blanco inmaculado, con guirnaldas de almendro artificial en el tocado de la cabeza, y el novio, con su traje de seda italiana, impactó a los allí presentes por su gallardía y su tan bien conocida altanería. Se oía gritar «¡Guapa!», y algún «¡Vivan los novios!», pero el guasón de Víctor contestaba «¡Envidia que tenéis todos que me la llevo yo!», y todos se reían divertidos, menos Evangelina, que la pobre no entendía de aquellos comentarios y los encontraba realmente groseros y fuera de lugar.

Muchos jovencitos que vieron a Cordelia buscar un rincón entre los bancos, apretujaron sus traseros hacia los compañeros de sus lados para mostrar un huequito para ella. «¡Aquí, Cordelia!», se oía exclamar, pero Cordelia ni los miró. Elvirita, en cambio, tomó asiento junto a las hijas de un comerciante amigo de su padre, con las que no tardó en hacer migas. Sin embargo, no perdió ojo a la hermana, que como las tontas iba dando vueltas, negando sentarse en cualquier sitio que le ofrecieran.

—¿A quién buscas? —preguntó una de las muchachas que había al lado de Elvirita de Miñares, viéndola mirar a un lado y a otro.

—A mi hermana —le respondió.

—¿A Cordelia? Anda y deja que se siente bien lejos de aquí, pues, si ella viene, los muchachos no tendrán ojos para nosotras.

—Pues la verdad, y Elvirita, perdona el atrevimiento, yo no la encuentro tan guapa —respondió otra de ellas—. La veo más lela que otra cosa, es altiva y aburrida. Los chicos en el fondo nos prefieren a nosotras, que les damos conversación y los miramos coquetas de vez en cuando.

—En el fondo, supongo que tenéis razón —contestó Elvirita, y diciendo esto se llevó a la boca una almeja y mandó al traste su preocupación por su hermana.

Cordelia entre tanto seguía en su paseo. No quería sentarse en ningún sitio concreto, solo tenía sed, así que, de una bandeja que llevaba Julita por encima de su cabeza, le arrebató una limonada bien fría que le supo a gloria. Desde una punta de una de las mesas escuchó a su madre gritarle: «¡Cordelia, hija! ¿Dónde te metes? ¡Ven aquí con todos nosotros de una vez!». Pero la pobre Cordelia trató de ignorarla y lo único que se le ocurrió fue sentarse en el acto junto a dos muchachos a quienes no conocía de nada. «Disculpadme, ¿permitís que me siente a vuestro lado?», les dijo, y los dos jóvenes hicieron lo imposible por dejarle un hueco más que suficiente a la muchacha más bonita de toda la fiesta.

—¿Por qué junto a nosotros? —dijo el de su derecha, un joven de lentes pequeñas y aspecto retraído, anonadado ante tal privilegio.

—No sé, todo estaba ocupado —respondió Cordelia.

—¿Tú eres Cordelia de Miñares? —preguntó esta vez el otro, sentado a su izquierda, gordito y más vivaracho—. Qué guapa eres, no hay más guapa en esta fiesta...

—No seas impertinente... —respondió Cordelia, y siendo consciente del error de haberse sentado entre aquellos dos desconocidos papanatas, se comió dos canapés y procuró mirar allá donde nadie la mirara.

—Prueba el queso con migas de Carballiño —le dijo el gordito.

La muchacha advirtió entonces que el de las lentes pequeñas la miraba embelesado.

—No me gustan las migas —respondió molesta.

—Pues los pastelitos de carne, que son deliciosos, niña —siguió insistiendo el rechoncho, que parecía estar disfrutando de cada plato del banquete.

—He dicho que no, por favor, no insistas. Conozco de sobras los guisos de Basilisa, sé que están buenísimos, pero no me apetece comer ahora demasiado. Gracias.

—Así estás tú de delgada, niña —respondió el gordito—. Yo como me cuido y como de todo tengo las carnes bien prietas.

Y se rio, pero a Cordelia poca gracia le hizo. Además, tenía el aliento del muchacho bobalicón en su oreja derecha.

«¡Vivan los novios!», se oyó decir, y de repente otro aliento, mucho más dulce y delicado que el del indiscreto joven de su derecha, se dejó notar en su nuca.

—Hola, Cordelia.

Y por una vez en su vida la voz de Ernesto Rosales le resultó celestial y oportuna.

—¡Ernesto! No te había visto en la ceremonia —respondió Cordelia dándose media vuelta en el banquillo—. Pensaba que no vendrías a la boda de tu mejor amigo.

—Me he perdido la ceremonia, como en muchas ocasiones de estas —dijo riendo—. Soy médico, y como tal tengo mis obligaciones. ¿Comes bien?

—Oh, sí, sí —se apresuró a decir—. Todo delicioso. ¿Y tú, Ernesto? ¿Tienes tu sitio?

—Oh, sí, sí —dijo el doctor—. Me han puesto al lado de tu madre, y al otro lado está tu silla... —sonrió— vacía.

—Oh, pues yo... Qué cosas, no sabía... En fin, he venido a tomar los aperitivos con estos mozos tan simpáticos. —Se sonrojó, porque ni siquiera conocía los nombres de sus dos patéticos acompañantes.

El gordito se atracaba a pasteles de carne y tortas de pimiento, y el bobalicón se había quedado admirando su plato con unos langostinos bañados en salsa, para disimular, porque todo ese rato había estado mirando a Cordelia y eso era una falta de respeto.

—¿Vienes a tu silla, Cordelia? —le ofreció el doctor su brazo, pero a la muchacha de repente un sofoco enorme le recordó su estado, negándose rotundamente a acompañarle.

—No, Ernesto, no insistas —le dijo—. Nos veremos en la comida, dentro de la casa. ¿Qué pensarían de mí estos muchachos? Con lo amena que era nuestra conversación...

—Bueno... —dijo el doctor—, en ese caso, hasta luego, Cordelia. Adiós, chicos.

Y sorprendido de la respuesta de Cordelia, Ernesto Rosales se fue por donde mismo vino a sentarse en su silla junto a Elena de Miñares, quien no dejó de extrañarse por la insolencia de su hija. «¿Y Cordelia que no viene?», le preguntó al doctor. Y este muy serenamente le contestó: «Está muy entretenida con unos jóvenes muy simpáticos. Déjela que disfrute de su compañía hasta que acaben los aperitivos». Pero Elena la hubiera fulminado con una sola mirada de haberla tenido cerca.

Cordelia por su parte se quedó encogida de hombros sin saber de qué hablar, ni qué comer, ni qué beber. Solo una idea anidaba en su cabecita, solo un pensamiento le martilleaba las sienes. La muchacha quería ver a Martín.

—¿Quién era ese? —preguntó el bobalicón.

—Un amigo, ¿por qué? —respondió Cordelia.

—No, porque te quiere y se le nota.

—¿De dónde habéis salido vosotros, metomentodos? —Y Cordelia suspiró, impaciente por levantarse.

Gracias al cielo los aperitivos en los jardines llegaron a su fin y ya todos los comensales abandonaron las mesas para entrar en la gran casa. Un extraño viento alborotó los cabellos de las que, como Cordelia, llevaban los cabellos sueltos, y una docena de sombreros salieron volando sobre los tejados de la majestuosa casa de los De Miñares. Las risas fueron muchas, el jolgorio de los invitados incesante, y poco a poco cada cual fue ocupando su lugar en el gran salón, donde esta vez un festín de lechones y guisotes gallegos daban el deleite a todos los que aún tenían estómago para más.

—¡Comed bien! —se oyó gritar a Serafín de Miñares desde su silla en el gran salón—. Que no se diga que no os he dado de comer, que aquí hay muy malas lenguas.

—Pero ¿y Cordelia? —preguntó nerviosa Elena, sentada a su lado en la mesa nupcial.

—Ay, querida, todavía hay gente en los jardines —respondió Serafín—. Estará a punto de entrar. Déjala vivir un poquito y come, que buena falta te hace.

—Esta niña mía no tiene remedio... —dijo, y tras un largo suspiro comenzó a cortar el lechón.

Junto a ella Ernesto Rosales también se extrañó de la ausencia de la muchacha, pero en lugar de preocuparse decidió deleitarse con los manjares de su plato y disfrutar de los chistes que se oían a su alrededor.

Para entonces, Cordelia ya hacía rato que se había escurrido de la fiesta, y mientras todos los allí presentes comían y bebían a destajo, Cordelia penetraba por segunda vez en el nido de su amor furtivo, bien lejos de la gran casa.

El albergue estaba solitario y silencioso, y aunque la puerta permanecía cerrada con el golpe, cedió en cuanto Cordelia giró el pomo. La muchacha atravesó silenciosa la primera planta y subió las escaleras despacio. Ya conocía el recorrido, aunque ahora todo se veía diferente. La luz del mediodía se había encargado de transformar incluso la colocación de los muebles y la ubicación de las puertas de las habitaciones. Le temblaban las piernas, se moría por llegar hasta Martín, no lo había visto por días y ya era hora de que él también supiese de sus desvaríos. Y así, enfrentada a un nuevo encuentro con su amante, algo nerviosa, entró por la misma puerta por la que entrara la misma noche de su perdición. «¿Martín?», dijo en un susurro, y entonces lo vio sentado en la cama, limpiándose las botas. Se levantó el muchacho sorprendido por su presencia allí, tan bonita y arreglada, acalorada por sus prisas. «Martín, mi amor, tengo que hablar contigo», le dijo la muchacha. Y el jardinero, que soltó de golpe las botas en el suelo, se acercó a la joven con ánimos de abrazarla.

—¿Qué pasa? —preguntó alarmado—. ¿Qué haces tú aquí, Cordelia? ¿Qué haces que no estás en la boda?

—Martín, he venido porque tengo que decirte algo importante... —le logró decir, pero las palabras se le ahogaron en la garganta y fue más fuerte el llanto que su propósito de hablar.

—No entiendo... —dijo Martín, y para entonces Cordelia ya se había abalanzado sobre él mientras lloraba desconsolada—.

Dios mío, mi amor, no entiendo qué te angustia de esta manera. ¡Cuéntamelo! ¿Qué te han hecho?

—Estamos metidos en un buen lío —le pudo aclarar—. Tienes que ayudarme a salir de esta, yo sola no sé si podré.

—¿Qué lío es ese? Explícame porque no comprendo nada.

La muchacha trató de serenarse. Se despegó lentamente de los brazos de Martín, y cuando se devolvió a sí misma la compostura por fin le habló.

—Estoy encinta —le dijo, no se anduvo con rodeos—. No lo he tenido claro hasta ahora, que han empezado las angustias y los vómitos. También me ha crecido el vientre. No hay la menor duda.

Martín se quedó blanco y mudo, no dijo nada en minutos, tampoco lo hizo Cordelia, que tras soltarle el motivo de su disgusto volvió a llorar como una Magdalena y se le echó de nuevo a los brazos.

—No puede ser, con eso no contábamos —dijo Martín después de haber cavilado durante un largo tiempo.

—Sí puede ser, ¡claro que puede ser! Tengo ya dos faltas en mi regla y cualquier olor me produce náuseas, mi vientre ha crecido mucho en estos dos últimos meses y mis pechos también. Vomito a todas horas y me encuentro fatal. ¡Ayúdame, Martín! No sé qué puedo hacer...

—¿Pero cómo sabes que no es un retraso? A las mujeres esas cosas les pasan, ¿no? —le sugirió.

—Estoy totalmente convencida de que no es un retraso, Martín. Me mareo por las mañanas cuando me levanto, he de tener por las noches una palangana bajo mi cama por si me dan ganas de vomitar. ¡Y toca mi vientre! ¡Tócalo! ¿No lo notas abultado?

Cordelia le cogió la mano y se la llevó a su vientre, y Martín tuvo que asentir asombrado mientras palpó la nueva barriga, mucho más abultada y puntiaguda, casi deformada. Retiró entonces la mano de golpe, se puso nervioso, muy nervioso, y se levantó de un salto. Recorrió la habitación más de veinte veces, mesándose los cabellos, preguntándose qué hacer, intentando recordar cómo se llamaba aquella mujer anciana que sabía provocar los abortos a las mujeres que no deseaban tener a sus hijos, mascullando entre dientes «¡Maldita sea mi estampa!» y mirando a veces de reojo a la pobre Cordelia, que sentada en su propia cama lo observaba con la mirada perdida y enrojecida, arrasada en lágrimas.

—Conozco a una anciana que quizá pueda ayudarnos. Vive en un barrio de La Cañiza, donde yo vivía antes de venir a trabajar aquí. Déjame tiempo para encontrarla, si es que la vieja no se ha muerto todavía —dijo convencido.

—Quieres que lo pierda, ¿verdad? ¿Esa es la única solución que se te ocurre? —agregó Cordelia con un hilo de voz.

—¡Joder, Cordelia! ¡Esto no me lo esperaba! —exclamó alterado—. ¿Qué solución prefieres, perder al niño o decirle a tu familia que vas a parir un hijo del jardinero? ¿Quieres que nos escapemos? ¿A dónde iremos, si yo no tengo dinero? Creo que no tienes elección. ¡No, no la hay!

A Cordelia las palabras de Martín le llegaron lejanas, difusas. De repente, le flaquearon las piernas y los brazos, se le aceleró el pulso y la sangre se le agolpó en las mejillas. En ese momento se sintió completamente sola.

—Martín, ¿de verdad que es eso lo único que se te ocurre?

—Pues sí, por supuesto que sí. En esto no hay opciones, piensa en tu reputación, en lo que repercutiría un encinte en tu condición de niña rica. No debemos perder el tiempo, hoy mismo me iré a ver a la vieja.

Pero Cordelia se levantó de la cama firme y segura, esta vez con la certeza de saber muy bien qué hacer. Arregló las arrugas de su vestido, recogió sus cabellos sueltos por el berrinche con las horquillas de flores, y cuando volvió a estar visiblemente bonita, dijo:

—No vayas a ver a ninguna vieja, Martín. No quiero exponer mi vida en manos de esas brujas que hacen conjuros y meten perejil en las vaginas de desgraciadas como yo para hacer abortar a sus criaturas. Me decepciona tu actitud, pensaba que no estaba sola, pero mi desolación ahora es absoluta. No sé por qué he venido, ahora me muero de la vergüenza... Has hundido mi alma, me has hecho un hijo y no lo quieres. No tengo ni idea de cómo voy a llevarlo, pero lo haré yo sola, sin tu ayuda, no me preguntes cómo. Adiós, Martín.

—¡Pero qué dices! ¡Tú sola no puedes! —exclamó, aunque para entonces Cordelia ya se había dirigido a la puerta para marcharse.

—No grites, ni tampoco trates de acercarte a mí a partir de este momento. Te amo con todo mi corazón, Martín, pero no puedo estar junto a ti ni ahora ni nunca. Así que por Dios te pido que no me sigas, ¡déjame! Deja que sufra yo sola mi decadencia.

Y a paso ligero Cordelia bajó los escalones y salió del albergue con su amado Martín pegado a ella.

—¡No puedes decirme eso! ¡Te amo demasiado, Cordelia!

—¡Calla, insensato! Aún te oirán y se complicarán aún más las cosas. ¡Vete y no me busques! ¡Olvídate de mí!

—Deja que piense, Cordelia, estas cosas son complicadas. Lo nuestro no ha sido fácil...

Pero Cordelia salió corriendo con lágrimas en los ojos sin querer oír más a Martín. El roto de su corazón no tenía arreglo, y muy dentro de ella sus entrañas se revolvieron nerviosas. Martín se quedó mesándose los cabellos en la puerta del albergue, llorando de incomprensión, y desde aquel punto vio vomitar a Cordelia por el camino, de los nervios, seguro.

—No seas tonta, Cordelia, deja que te ayude —dijo Martín en un hilito de voz, a sabiendas de que Cordelia ya no le escuchaba, pero cuando la vio desaparecer entre los viñedos se dio media vuelta y se metió en el albergue, malhumorado y triste.

Por el camino hacia los jardines del oeste, Cordelia se apresuró a regresar de nuevo a la fiesta. Parecía que la resignación había hecho mella en su interior y se sentía un poco más calmada, pero la brecha de su corazón manaba sangre a borbotones. Sacrificar su amor por el hijo que crecía en su vientre era poco más que injusto, pero ya no podía arriesgar más. «Solo te tengo a ti en este momento», se dijo acariciándose el vientre, y dibujando una sonrisa forzada se coló por las cocinas. Le pareció que al aceptar su estado se encontraba mucho mejor, pues se le fueron las angustias y de repente sintió hambre. Llegó justo en el momento del segundo plato, y con una sonrisa amplia se colocó al lado de Ernesto Rosales, quien se emocionó enormemente por tenerla junto a él.

—Cordelia, ¿dónde te habías metido? —le preguntó Ernesto.

—Chisss... Estaba en las cocinas, controlando los platos. Hay que ver lo nerviosas que se ponen las criadas cuando viene tanta gente... —dijo Cordelia, y sonrió.

—Tu madre estaba preocupada, ya la conoces...

Pero para ese momento Cordelia ya le había cogido la mano a Ernesto por debajo del mantel, y Ernesto con esa caricia fue el hombre más feliz de todo el universo. No fueron necesarias las palabras, era obvio que no.

Muy cercana a ellos, contenta como unas campanillas, Elena de Miñares los vio mirarse desde su lugar en la mesa presidencial, descubriendo extasiada sus manos enlazadas bajo la mesa. Entonces unió sus manos a la altura de la boca, a modo de sorpresa, y por primera vez en mucho tiempo lloró de felicidad, orgullosa al fin de que su hija mayor hubiese entrado en razón.

—Cordelia, yo... —dijo Ernesto.

—No, mejor no digas nada. Ya tendremos tiempo suficiente para hablar —añadió Cordelia, y rompiendo su particular encanto, alguien de entre los invitados gritó un «¡Viva los novios!» que fue repetido muchas veces más durante la celebración.

10 de abril de 1919

Querido diario:

Veo pasar las horas lentas y paralíticas, no parecen moverse, sino que se empeñan en congelarse en el tiempo y en las agujas de los relojes de esta casa. Me encuentro mal, eres consciente, ¿verdad?, pero ahora no me siento tan sola. Aunque Martín no acepte a esta criatura que crece en mis entrañas, sé que estoy más acompañada que nunca, le tengo a él aquí dentro, ese puntito que Dios me dice que se hace más grande a cada segundo, que a veces me hace retorcer de dolores en el bajo vientre, pero al que quiero como a nada en este mundo. Sí, no estoy sola, pero los problemas parecen minarme. ¿Quizá tengo un imán que los atrae? No lo sé, mi confidente y leal amigo, pero ayer comenzó el último de mis martirios. Bien, martirio no es la palabra adecuada, porque he aceptado sufrirlo, pero hace unos meses hubiera preferido la muerte a la resignación, ahora bastante me da a mí soportar otro cargo más en mi alma; además, ya he dicho que no estoy sola. Sí, queridísimo diario, ayer Ernesto Rosales me pidió en matrimonio a eso de las seis de la tarde. Es extraño, pero le acepté, y no por estar presente ante mis padres, lo cual me resultó de lo más bochornoso, sino porque desde la boda de Víctor le veo con otros ojos, sus miradas no son perversas como las de los otros muchachos descarados, me respeta sutilmente y eso me conmueve. Mentiría si dijese que le quiero, me hace falta tiempo para llegar a ese sentimiento tan profundo, ya lo sentí por otra persona y muy fuertemente, pero en mi corazón habita una llaga abismal que aún no está curada y sé que tardará en sanar. Hemos de dar tiempo al tiempo.

Lo vi llegar en su viejo Ford T por el paseo de los olmos. Acababa de subir a escondidas al desván para escribirte cuando escuché el motor de su coche. Poco tardó Vico en salir a su encuentro y aparcar su vehículo junto a las cocheras, y no sé si en mis adentros ya intuía que mamá me avisaría de su llegada con Julita, porque en cuanto lo vi dirigirse a la casa se me ocurrió dejarte casi a medias en el baúl y bajar silenciosa pero rápida hacia mi habitación. Como bien adiviné, enseguida alguien picó a mi puerta. «Señorita Cordelia, su madre la llama al salón», me dijo Julita al otro lado de la puerta, sin entrar, porque yo se lo había prohibido terminantemente hacía algunos días. De Ernesto me resultó muy extraña su aparición sorpresa, supongo que por eso me mentalicé de algo que tal vez ya imaginaba desde el ruido de su motor, no, sin duda, desde el día de la boda de Víctor, cuando yo misma le cogí la mano buscando el calor de un amigo. Bajé silenciosa la escalinata de mármol, me topé con Elvirita, que subía de los jardines, observándome descarada y sin mediar palabra, y luego con Goyo, que esperaba mi entrada en el salón para cerrar tras de mí las puertas. Al entrar los vi a los tres, sentados en sus respectivos sitios de siempre; mamá en su sillón de terciopelo verde, papá en el sillón de al lado y Ernesto en el pequeño sofá. Estaba nervioso, mucho más de lo normal, Ernesto siempre es tranquilo y casi me atrevería a decir que hasta un poco pasivo, pero ayer seguro que hasta le sudaron las manos. Mamá me ofreció una sonri-

sa muy amplia cuando me vio aparecer, se la veía contenta, pero papá se limitó a verme caminar hacia ellos seriote, con sus bigotes anchos entre sus dedos. «Siéntate, hija —me dijo mamá sin dejar de sonreír—. Ernesto quiere decirte algo». Y cuando me dijo esa frase y lo vi a él con cara de corderito fue cuando yo lo comprendí todo. Me senté a su lado y le sonreí, nunca pensé que una sonrisa tan franca hacia él pudiera ser posible. Al principio tartamudeó, no fue capaz de soltarlo en el primer y segundo intento, pero al verle tan apabullado le sugerí decirlo de golpe y parece que eso le ayudó, porque el tercer intento fue el definitivo. «Cordelia, ¿quieres ser mi esposa?». Lo escuché clarito, nunca me habían pedido la mano, pero no sentí gran cosa. Miré a mis padres justamente en el momento de acabar Ernesto la petición, papá seguía mesándose los bigotes con la misma expresión seria de antes y mamá ahora estaba nerviosa, tensa, se había quedado rígida en su sillón de terciopelo verde, engarrotada a los brazos, esperando mi respuesta como quien espera un milagro. Sé que ella más que nadie deseaba escuchar mi conformidad, quizá pensó que diría que no, pero respiró tranquila cuando aún mirándola dije que sí.

Ay, Dios, meses antes me hubiera dado un ataque de espanto y quién sabe si no me hubiera muerto de la impresión, pero a mí el sí me salió de golpe, casi sin pensar. Lo dije dos veces, una en dirección a mi madre, porque pensé que, si no respondía pronto, reventaba ante la indecisión, y otra, la válida, fue para Ernesto Rosales, quien se quedó de piedra al ver que no puse ningún impedimento a su propuesta. «¿Me aceptas entonces como esposo, Cordelia?», me dijo enlazando sus manos cálidas a las mías. «Sí, Ernesto. Te acepto». Mamá palmeó sus manos y miró para el cielo, la oí decir «mi niña ha entrado en razón, mi niña se nos casa» casi cantando.

Luego la vi levantarse y darnos la enhorabuena efusivamente, arreándonos besos sonados a los dos, diciéndonos que esa era la mayor alegría de su vida, que no había nada en el mundo que la hiciera más feliz. Papá también se levantó, a mí me dio un beso y a Ernesto un apretón de manos. «Espero que sean muy felices, hijos», nos dijo, y tras la enhorabuena mamá nos informó de que nuestro casamiento no se haría público hasta un mes más tarde. Después nos dejaron a solas cinco minutos, pero poco nos dijimos. «Pensaba que no aceptarías, llevo meses esperando este momento. Cordelia, esto es un sueño», añadió cuando mis padres se marcharon, dejando la puerta abierta, y yo le dije que más valía tarde que nunca y que podía estar bien seguro de que aquello no era un sueño. Ya no nos dijimos nada más. Él se levantó nervioso y dijo que se marchaba a los jardines a tomar el aire, que había pasado un mal rato y que necesitaba respirar. Mamá le invitó a cenar. Yo me despedí de él con una sonrisa y subí hacia mi cuarto, donde me lancé a la cama llorando como una Magdalena.

He pasado muy mala noche. No he parado de llorar desde que me acosté, el bajo vientre me ha dolido a morirme desde principios de la madrugada y la palangana ha amanecido a rebosar de vómitos. Para que Elvirita no me oiga he de taparme la boca y vomitar en mis manos, a veces me ahogo porque vuelvo a tragarlo, pero no tengo otra opción. Me hago daño en el vientre con los esfuerzos callados, pero lo que no quiero es que mi familia se entere de lo que me pasa. No confío en nadie. Qué triste está resultando mi vida, querido diario, qué triste. Mi hijo y yo nos preguntamos qué va a pasar cuando mi vientre crezca, deberíamos contarle la verdad a Ernesto, me quiere tanto que quizá me acepte igual. Yo no quiero engañarle, no se lo merece, ahora más que nunca necesito un médico a mi lado, pero ¿y si me cree una golfa y lo primero que hace es enviarme a tomar viento? Nuestra boda será en junio y para entonces yo ya estaré gorda. ¡Oh, Dios! Ninguno de los dos sabemos qué hacer.

Ay, Martín, Martín, mira lo que has hecho de mí, una desgraciada. Dime cómo voy yo a arreglar mi vida si está totalmente resquebrajada, dime cómo he de armármelas para olvidarte de una santa vez y comenzar una vida feliz y tranquila junto a ese nuevo hombre. Dime cómo, porque yo no lo sé. Desapareces por momentos, casi no me acuerdo de ti, ahora tus huellas persisten dentro de mí, las de mi piel se han borrado, al contrario de lo que pensé, pero me has destrozado la existencia. Si no aceptas a tu hijo, puedes olvidarte ya de mí para siempre.

CAPÍTULO 12

Los calvarios siempre han de ser compartidos, no se puede cargar el peso sobre una sola persona si la magnitud es muy grande, pero Cordelia de Miñares prefirió cargarlo sola. El suyo era un calvario infinitamente enorme, un calvario que pagaba por el pecado más minúsculo, el pecado de amar. Intentó borrar a Martín de su mente, ya casi no bajaba a los jardines y cuando lo hacía era a rastras porque su madre la obligaba, no salía sin compañía, rogaba a Elvirita que se pasease con ella cuando Elena estaba indispuesta o tenía visita, todo con tal de no toparse a solas con él, quien al verla encolerizaba porque siempre la encontraba acompañada. Ya se había corrido la voz de su próximo matrimonio con el doctor Rosales y a Martín se le llevaban el alma los demonios con solo recordarlo. «¡Maldita sea! ¿Por qué te estás torturando de esa manera? ¿Por qué has aceptado si llevas un hijo mío en tu vientre? Dime algo, dime cómo te sientes, ya que yo no puedo llegar a ti. Hazme una señal al menos, ¡carajo, Cordelia! ¡Dime algo!», decía sin hablar cuando la veía pasear frente a él y su carro de las herramientas, pero Cordelia trataba de no mirarle, aunque por dentro se fuera desgarrando poco a poco, segundo a segundo. Caminaba erguida, como siempre, con la cabeza bien alta, sin moverla, pero con la mirada tan ida que bien parecía que anduviera sonámbula. «No se le nota nada, ¿cómo lo hace? —se preguntaba el joven jardinero, que no podía explicarse como en el cuarto mes de su gestación tuviese el mismo vientre plano—. Se está matando ella y lo está matando a él. Esto no va a acabar bien», se decía, pero la distante Cordelia llevaba su calvario con dignidad y en silencio; se apretaba los corsés más de lo normal y aguantaba la respiración cuando se los ataba. Su embarazo pasó desapercibido para todo el que la viese, ella era la única que al desatar sus corsés adivinaba su vientre, totalmente contraído por la opresión. «Perdóname, mi vida, sé que estás sufriendo ahí dentro, pero debo esconderte o nos descubren», decía frente a su espejo, padeciendo lo innombrable cada vez que se vestía y respirando relajada cuando se desnudaba por las noches, al dejar sus carnes sueltas.

Fue olvidando a Martín con el tiempo; si lo veía, se entristecía, pero en realidad los únicos sentimientos permanecían escritos en su diario de etiqueta roja, el de la adolescencia, enterrado en su baúl. Ya no escribía con tanta asiduidad porque ahora le costaba mucho más subir las estrechas escaleras del desván, se mareaba con demasiada frecuencia debido a que abril empezaba ya sus cambios, con lluvias torrenciales casi diarias. Su cuerpo también cambió, el vientre cada vez se mostraba más abultado, más deformado, se le agrietó la piel de esa zona y de los pechos, se levantaba y se acostaba llorando, mordiendo las sábanas por así aguantar los dolores de sus adentros y no causar sospechas, pero sufría silenciosa, nadie logró escuchar nunca sus gemidos de dolor. De apretarse tanto el corsé tratando de esconder el vientre se le hincharon las piernas y los brazos, por la mala circulación de la sangre, pero tuvo suerte y nadie más que ella lo notó, quizá gracias a los pomposos vestidos, principales cómplices de su secreto. En los días de lluvia se la veía pasear por los corredores de las estatuas como hipnotizada, admirando sus figuras de mármol una a una, viéndose tan quieta, tan pura, tan sonriente. Igual pasaba con los lienzos, que los iba recorriendo con las puntas de sus dedos, observando su etapa feliz sentada en su columpio, apoyada en los porches, con su carita preciosa y su piel como la cera, tan bien pintada al óleo por su madre Elena. Pero un nuevo lienzo colgaba junto a los otros, una pintura de la que esta vez no se encargó Elena de Miñares, sino un reconocido pintor inglés afincado en Pontevedra. Se trataba de una fotografía familiar realizada con cuatro brochazos en el salón del hogar, días antes de la boda de Víctor y Evangelina. Colgaba hermoso de las paredes, con Elena y Serafín sentados al frente y los tres hijos detrás, de pie y sonrientes, posando alegres incluso ella, que aun sin ganas hubo de permanecer erguida durante más de dos horas, sin apenas poder aguantar los dolores de espalda y de pies.

—¡Cordelia, *darling*, sonríe un poquito! —decía el pintor desde su caballete—. ¡Arriba esa carita, relaja los pómulos! ¡Así, muy bien! Quédate así, no tardaré mucho en acabar...

—Es que no aguanto más, estoy cansada de estar de pie y me duele la espalda —respondía Cordelia intentando no salirse de su expresión forzada, con los pies hinchados—. ¿No puedo sentarme?

—¡No, mi querida *lady*! Has de aguantar un poco más, tus padres son los que han de estar sentados, no vosotros...

En sus paseos Cordelia se acordaba de cada uno de esos momentos pasados con lágrimas en los ojos, pero los recorridos nunca eran muy largos, porque las piernas y los pies se le hinchaban hasta rabiar. A veces sorprendía de esquinillas la presencia escondida de Elvirita, que se quedaba observándola tras las plantas de interior, y era en esos momentos cuando Cordelia se daba media vuelta y se volvía hacia su habitación, donde se estiraba en la cama y se acariciaba el vientre durante horas. «No nos descubrirá ni siquiera ella –le hablaba a su hijo entre caricia y caricia–, quiere saber más de lo que debe, pero no le va a ser fácil», decía, aunque por el mes de abril ya bien poco la vigilaba. La niña hacía ya dos meses que sabía de la boda de su hermana con el doctor y ya pocas veces la seguía por los corredores y picaba a la puerta de su cuarto, preguntándole qué le pasaba cuando la escuchaba llorar. Si a veces la controlaba era porque la compadecía, siempre pensó que Cordelia fue obligada a decir que sí a su matrimonio. Veía a Ernesto Rosales acudir con asiduidad a la casa, tan contento, tan feliz porque al fin Cordelia le había aceptado incondicionalmente, sin picores, sin temblores ni tics nerviosos, y se extrañaba. Los sorprendía paseando por los jardines, cogiditos del brazo, pero poco rato porque Cordelia se sofocaba y sugería entrar al fresco de la casa. Otras veces los encontraba sentados solitarios en el salón del hogar, que en invierno era un caldero y en el buen tiempo una gloria para los calores, y en esas mismas ocasiones Elvirita era capaz de ver a su madre bailoteando por el vestíbulo con las listas de invitados en las manos, contenta como unas pitas. «Habrá sido ella quien la ha obligado a aceptar, digo yo», pensaba cada vez que la veía danzando, porque a Elvirita no le cuadraba que ante el doctor su hermana sonriese y en los corredores la sorprendiese llorando. No, no le cuadraba. Por eso una mañana, en uno de sus paseos matutinos, se le ocurrió aprovechar la ocasión para tirarle de la lengua. En la primera frase a Cordelia ya se le subió la sangre a la cabeza, quizá porque pensó que su hermana le iba a atacar con otro tipo de pregunta, mucho más comprometedora.

—Cordelia, escucha —le dijo Elvirita, con los brazos cruzados y caminando a su lado, cabizbaja—. Hace tiempo que quiero preguntarte algo...

—¿El qué? —preguntó su hermana, nerviosa, con los brazos también cruzados sobre su vientre.

—No sé, es que te veo muy rara desde hace algún tiempo, en realidad desde que me enteré de lo de tu boda con Ernesto —explicó titubeante—. No te enfades conmigo, pero... ¿tú le quieres de verdad?

Cordelia respiró aliviada, tanto que no pudo reprimir una pequeña carcajada que sorprendió a Elvirita. Hacía algún tiempo que no la veía sonreír, y menos en los jardines.

—Elvirita, hermana querida, siempre quieres saber más de lo que debes, pero, si el decírtelo significa que al fin vas a dejar de espiarme por todos lados, te confirmaré que sí le quiero, ¿por qué si no habría de aceptar un compromiso de esa categoría?

Y entonces Elvirita asumió que era verdad. Por lo visto, Cordelia había sentado la cabeza y se había olvidado totalmente de Martín, el jardinero, que si lloraba era porque esas cosas siempre pasan —también lloró Evangelina cuando Víctor le pidió su mano—, que si caminaba como sonámbula admirando las estatuas y los lienzos familiares era porque no hacía sino despedirse de ellos. Su amado doctor se iba a casar con alguien de su sangre, con la persona más prohibida de todas, no pudo ser con otra, no, hubo de ser con Cordelia. ¿Qué pasó con su promesa de hacía años? «Yo me meto a monja», pensaba cuando los veía juntos, a ella tan distante, a él tan embelesado, pero en el fondo sabía que su condición rebelde afloraría aun siendo vieja y que el hacerse monja no era sino un absurdo. Se prometió a sí misma olvidar al doctor de su corazón y verle simplemente como a un cuñado.

A Cordelia le fue bien que su madre no le hiciera caso salvo para prepararle el ajuar y los preparativos de la boda, así como el diseño del vestido de novia, que, según deseos de la muchacha, hubo de ser bien ancho y sencillo, de seda fina, con apenas adornos en el escote y en la parte superior de la espalda, pero no pareció estar muy de acuerdo Elena con la decisión de su hija, porque se echó las manos a la cabeza nada más escucharla hablar.

—Quiero un vestido sencillo, mamá. ¿No soy yo la que se casa? Pues deja que tenga por una vez en la vida una decisión propia.

—¡Pero, hija, me pides una túnica! —gritaba Elena de Miñares por toda la habitación de su hija, con la sastra al lado.

—Me hace ilusión llevar una túnica de seda blanca, ¿por qué te empeñas en chafar mi deseo?

—¿Vas a parecer un fantasma! Tan pálida tú y tan blanco el vestido, tú me dirás... No vas a salirte con la tuya, Cordelia, así no vas a casarte. ¡Va a parecer tu mortaja!

—¡Ay, mamá, mi mortaja! Si incluso llevaré adornos. Quiero guirnaldas de cera.

—¿Guirnaldas de cera? Hija mía, ¿tú quieres matarme de un disgusto?

—Quiero que me rodeen el pecho y la espalda. En la cabeza llevaré una diadema de las mismas características. ¡Y si no, no me caso!

Y bien tuvo que acceder, porque ese mismo día Elena y la sastra se pusieron a trabajar en el vestido, tanto deseaba esa boda. Colgaron la túnica de novia en un maniquí estacionado en la habitación de Víctor, ya desalojada, y allí iba Cordelia a mirar sus progresos cada vez que podía. «Ya verás qué preciosa va a quedar —le hablaba a su vientre—, pero veremos cómo las armamos en la noche de bodas para que Ernesto no te sorprenda». Qué poco sabía ella que sus planes le iban a fallar tanto.

CAPÍTULO 13

Una mañana de mayo Cordelia se levantó muy mal. Un fuerte dolor en el bajo vientre le hizo pensar lo peor y se incorporó de la cama asustada. Estaba encharcada en sudores y el pulso se le aceleró desmedidamente, y las piernas, más hinchadas que nunca, le impidieron mantenerse en pie por mucho tiempo. Se sentó nuevamente en el colchón y levantó sus ropas, observando su vientre agrietado con un color berenjena, amoratado. «Dios, ¿qué me pasa hoy?», se dijo alterada, pero pronto escuchó a Julita que desde el otro lado de la puerta le avisaba del desayuno.

—¡Señorita Cordelia! ¡Ya está listo el desayuno! —le oyó exclamar.

—¡Ya voy! —dijo sin pensar, porque en realidad no sabía si podría de nuevo incorporarse.

Cordelia logró mantenerse erguida a trompicones, se levantó con mucho esfuerzo. Se quitó el camisón frente al espejo, advirtiendo que su rostro estaba muy desmejorado y las ojeras le llegaban a los pies. Pero lo que en verdad le preocupó fue el color de su vientre. «Hijo mío, no me hagas esto. Espera un poco más, sé fuerte, ya no queda mucho», dijo acariciando su barriga hinchada, y poco a poco se acopló el corsé y esta vez lo ató con menos fuerza. Cuando vestida abrió la puerta y vio a su madre dirigirse hacia ella pensó desvanecerse, pero una fuerza sobrehumana la mantuvo en pie. Elena venía con un alfiletero puesto en la muñeca a modo de brazalete y con una cinta métrica rodeando su cuello. Estaba tan fuera de sí que ni siquiera se dio cuenta de su evidente desmejoramiento.

—¡Va, hija! Antes de desayunar vamos a dar los últimos retoques al vestido. Ya quedan pocos días y lo quiero tener listo del todo —dijo agarrándola del brazo y dirigiéndola a la habitación de Víctor, donde aguardaba la túnica.

—Ay, no, mamá, hoy no tengo ganas de probármelo —dijo angustiada.

—¿Cómo que no? ¡Va, va, si lo hacemos en un momento! A ver si para un día que me levanto pronto no vamos a aprovechar el tiempo...

Elena la arrastró hasta situarla a la luz del ventanal de la habitación, donde le probó el vestido por encima de la ropa. A Cordelia le costaba caminar, de eso Elena sí se dio cuenta, pero lo atribuyó a los trastornos del cansancio acarreado por los nervios de la boda.

—¿Dónde prefieres las guirnaldas? ¿En el encaje o cosidas en la costura? —le preguntó.

—Donde quieras, mamá, me da igual —dijo Cordelia, sin ganas, presa otra vez de los dolores en el bajo vientre, mordiéndose los labios por aguantar así el dolor, advirtiendo a su madre que sufría descomposición y que por eso se retorcía.

—¡Ay, hija, cómo eres! Estás trastornada por los nervios, como si lo viera... Si por mí fuera, no habría guirnaldas en el vestido, ya sabes que no me gustan y que si he aceptado es porque así lo quieres tú, pero quizá en el encaje quedarán mejor y a parte serán más fáciles de coser. Dentro de una hora viene doña Ascensión a terminarlo, así que de hoy no pasa que el vestido esté listo. Anda, baja y dile a las muchachas que te preparen una tila o una manzanilla... —dijo marcando con algunos alfileres la localización de las guirnaldas y desprendiéndola de la túnica.

—Sí, me vendrá bien.

Pero Cordelia estaba segura de que las infusiones en nada la podrían ayudar. Pasó mal día, se sintió floja durante toda la mañana y mucho peor por la tarde, al oscurecer, pero a esas horas hubo visita y aprovechó entonces para subir al desván y escribir en su diario, sin que nadie la viese, como siempre. Fue su escrito más corto, apenas dos páginas mal redactadas y caligrafiadas quedaron reflejadas en él. Allí pudo quejarse a sus anchas, se retorció de dolores sin poder concentrarse en su tomo de etiqueta roja, dejó de escribir cuando le vino un pinchazo descontrolado en sus partes bajas y se le fue el tintero de un manotazo que dio a la otra punta del desván, manchando todo lo que pilló, incluso la última página quedó salpicada. «¡Dios, ayúdame!», dijo sollozando en su posición fetal, mordiéndose los nudillos por así soportar el punzante dolor, imitando con su postura al hijo de sus entrañas. Pero ella sabía que Dios hacía mucho tiempo que le había apartado la mano. Se levantó como pudo, descubriendo que el vestido también se le había manchado de tinta negra, aunque eso no le importó. Luego cogió su diario, se acercó a rastras hasta el baúl y lo escondió en el mismo sitio de siempre, junto a las sábanas viejas y los retratos familiares. Antes de cerrarlo, se le ocurrió tapar la reliquia de su abuela Isidra con una de las sábanas más viejas y polvorientas de las que había. Cuando lo vio bien tapado se dispuso a bajar lentamente del desván, con una mano pendiente de la escalinata y otra puesta en el bajo vientre.

Esa noche poco cenó, apenas unas cuantas cucharadas de sopa caliente que su madre le obligó a tragar con insistencia, pero no más. Nadie se dio cuenta de la mancha de la tinta.

—¡Ay qué ver, Serafín. Esta niña está nerviosa y fíjate qué cara se le está poniendo. Le ha entrado hasta descomposición —le decía al padre, quien observaba a su hija con expresión preocupada desde el otro extremo de la mesa.

—Cordelia, hija, ¿por qué no te tomas una infusión y te acuestas? Tienes carita de cansada, anda, llama a las muchachas y que te traigan aunque sea una manzanilla...

Y la muchacha vio los cielos abiertos al escuchar la sugerencia de su padre, porque nada más tomarse la manzanilla se retiró hacia su cuarto. «Que paséis buenas noches», dijo, y sus padres y Elvirita le contestaron al unísono con el mismo deseo, sin preguntarse siquiera si no sería otro el motivo de su trastorno. Cordelia estaba para reventar, ni subir las escaleras podía, cada escalón era una puñalada en su bajo vientre. Ya en su cuarto se desprendió enseguida de su vestido y su corsé, y mucho más asustada que por la mañana pudo apreciar que su vientre ahora estaba mucho más amoratado que a primeras horas del día. «Dios mío, Dios mío, hoy es mi fin», lloró desesperada, pero con su llanto amargo se puso su camisón y se metió en la cama, acurrucándose a su almohada y a su vientre, pasándose horas manteniendo un diálogo silencioso con el hijo que ya no oía, que ya no sentía. Lo llevaba muerto desde hacía dos días. Pareció que se mitigaron durante algunos minutos, pero a eso de las dos de la madrugada la despertaron de nuevo los dolores, ahora ya totalmente insoportables. «¿Ya quieres nacer?», dijo enclavijada, sin poder controlar su angustia, preguntándole por qué le hacía esto, que ahora no era el momento, que era su quinto mes, pero el hijo muerto no atenía a razones, ya nada hacía ni dentro ni fuera. A Cordelia se le ocurrió tumbarse en el suelo, con su barriga en contacto directo con el fresco de las baldosas, pero ya nada le aliviaba. Fue al incorporarse y mirarse el camisón cuando un grito se le ahogó en la garganta, porque de pronto descubrió sus ropas de dormir encharcaditas de sangre. «Ay, no, ay, no, ay, no, ay, no...», comenzó a sollozar como una letanía, recorriendo con pasitos cortos y desesperados su habitación y rezando avemarías y padrenuestros, entrelazando unos con otros, sin parar, porque la pobrecilla no supo qué hacer sino rezar. «Ay, no, mi vida, no te me mueras, no me hagas esto... ¿qué voy a hacer yo ahora?», pero en su desesperación le vino de pronto a la mente la imagen olvidada del padre, la figura de Martín. No lo pensó dos veces, salió de su cuarto con la mano aguantando sus entrañas –que se salían por sus partes bajas– y arrastrando su cuerpo pesado bajó una a una las escaleras, sin parar de rezar, rogando a los cielos que Goyo, el águila avizor de la casa, no la encontrase, y luego fue hacia las cocinas, donde las puertas siempre quedaban abiertas. Para su suerte o desgracia, Goyo no la vio ni oyó, pero ni siquiera se habría dado cuenta, de haberle visto, tal era su angustia de ese momento. Ya fuera intentó correr, no lo logró del todo, porque estaba muy torpe y debía de sujetar al hijo que se le caía piernas abajo, pero fue capaz de acelerar el paso y llegar en poco tiempo a los jardines del oeste y a la zona de los arbustos, aunque allí se hubo de quedar. Cordelia no tuvo ya más fuerzas para seguir y el albergue de repente le pareció inalcanzable. Cayó entre los arbustos, rendida, sintiendo que los huesos se le abrían como con garras que le destrozaban por dentro. Se metió una raíz seca en la boca para apagar sus gritos y entonces comenzó a empujar sin la ayuda de su criatura, porque ya estaba muerto, notando que se quedaba vacía, muy vacía, sobre todo cuando sintió salir casi disparado un bulto morado, muy callado, muy quieto. Casi sin aliento se atrevió a cogerlo entre sus brazos, su hijo secreto ya estaba formadito, tenía todos sus miembros, pero sus ojitos estaban cerrados, su corazón no latía, estaba muerto. Se lo puso entre los brazos y lloró amargamente, lo tenía todavía unido a ella, lo meció durante un tiempo que a ella le pareció interminable, le cantó una nana para calmar su dolor, inexistente, y cuando se vio con más fuerzas, allí mismo, entre los arbustos del sendero que dirigía al albergue, cortó con sus propios dientes el cordón de su unión. Lo dejó entonces acunadito entre las plantas durante algunos minutos, los suficientes para poder cavar un hoyo con sus manos en la tierra húmeda, y cuando el hoyo estuvo hecho se lo tornó a los brazos. Volvió a cantarle la misma nana y después de unos minutos de llanto amargo se decidió a meterlo en su cunita de tierra, que tapó sin mirar después de cubrir a la criatura con cientos de besos. «Adiós, mi vida. Perdóname si no te he sabido llevar dentro de mí», dijo cuando lo vio tapado y, hecha un mar de lágrimas, sangrando piernas abajo, desvió la mirada hacia el albergue. Quedaba lejos, muy lejos, su vista era borrosa y casi no divisaba siquiera el sendero, así que pensó que era inútil arrastrarse hasta él. No llegaría nunca. Cordelia pensó en la muerte, la sintió muy cerca, su hijito se le quedó helado entre los brazos y le transmitió ese frío cuando lo meció antes de enterrarlo. Cegada por las lágrimas, se arrastró en dirección hacia su casa, su último pensamiento fue pedir ayuda y su familia quedaba mucho más cerca, se arrastró como bien pudo hacia los jardines del oeste y por fin llegó al pozo. Pero cuando las fuerzas le flaquearon, cuando pensó que su vida se desparramaba por completo, alguien la agarró fuertemente del brazo y la sorprendió en demasía, elevándola del suelo. Era Martín, que había visto su figura agonizante y blanca a través de la ventana e, imaginándose lo peor, fue en su busca para ayudarla.

—Dios, Martín, ¿qué haces aquí? ¿Cómo has sabido...?

—No podía dormir y miraba por la ventana cuando te vi atravesar los matorrales. ¿Qué ha pasado? ¡Estás llena de sangre!

—¡Déjame ir!

Pero lo que ella esperaba era la propia muerte, no al amor que fue su perdición y su mayor error. Forcejeó con Martín para que la dejara en paz con ella misma, pero a cambio lo único que consiguió fue una sarta de recriminaciones para que entrase en razón.

—¡Deja que te ayude! No deberías haber agotado tus posibilidades con ese embarazo. Tu vida ahora corre peligro. Nos iremos juntos y abandonaremos esta casa, ya buscaremos un hogar donde puedas recuperarte.

Pero Cordelia apenas sí tenía fuerzas para pelear con él, no quería saber ya nada del jardinero, y con un ápice de aliento se incorporó del suelo y se subió al escaloncito del pozo.

—¿No te das cuenta de que no quiero saber nada más de ti? Voy a casarme con Ernesto Rosales y tú ya no formas parte de mi vida para nada. Déjame en paz, te lo ruego. ¡Olvídate de mí!

—¿Casarte con el médico? —dijo enfurecido.

Martín la agarró del brazo y la retuvo contra él, forzando una situación descontrolada.

—Suéltame, te lo ruego —suplicó Cordelia.

Se intentó incorporar para gritar auxilio, asustada de la expresión de Martín, aunque el poco aliento de vida solo le dio oportunidad de decir un «¡ayuda!» casi mudo que se perdió en el silencio de la noche, porque en ese último intento Cordelia resbaló en el pozo intentando liberarse de su opresor y fue a parar a sus adentros, falleciendo en el acto. Ese fue su fatal desenlace. Y allí quedó Martín, mirando para el pozo, sin poder reaccionar. Solo cuando oyó el lamento de Dama proveniente de la casa pudo darse cuenta de la magnitud de la desgracia y salió corriendo hacia el albergue, enloquecido.

CAPÍTULO 14

Hace frío y está atardeciendo. No suelo hacer estas cosas, pero estoy subida en el escaloncito del pozo tirando monedas, observando mi rostro sin edad reflejado en la escasa agua que habita en sus sucias profundidades. Desde arriba puedo ver como el moho verde se ha solapado a las paredes de piedra, y el cubo de latón pende de la cuerda mucho más que enrobinado. El pozo ya no es como era antaño, ha perdido su porte, su gallardía; ahora no es sino el recuerdo de una tumba, un mausoleo de piedras alineadas entre sí, un monumento de aguas pestilentes que ya no se pueden beber porque ya no son agua. Y allí en el fondo me veo a mí misma, tan horrible, tan demacrada como el propio pozo, con mi mechón blanco atado a la nuca formando un moño austero, como austera soy toda yo. Se me ocurre pedir dos deseos: uno es tan imposible que hasta me da vergüenza siquiera pensarlo; el otro no me importa decirlo, recobrar mi libertad y sentir que sigo viva.

De repente escucho a Dora gritar mi nombre: «¡Señorita Elvira! ¡Tiene usted una visita en el salón del hogar!». Y me sorprendo arreglándome las horquillas del moño y mordisqueando mis labios por así darles color. «¡Voy, Dora!», grito, y respirando muy profundamente, dando media vuelta y bajando el escaloncito del pozo, me doy cuenta de que el primer deseo imposible que he pedido parece estar tomando forma. Querida hermana, fuiste tú quien me pidió que avisara a esta persona tan olvidada, me dijiste que él sabía muchas cosas de tu muerte. E insistes en que lo vea después de tanto tiempo, cuando apenas sí tengo noción de los años transcurridos. Camino hacia la gran casa con verdaderos nervios, en realidad jamás he estado tan nerviosa. Imagino quién me espera en el salón del hogar y me entra un vahído si no me concentro en mantenerme rígida. Así son las cosas, no suelo hacerlo, no suelo pedir deseos al pozo, pero esta vez parece haberme escuchado. Y se lo agradezco. Sé que tú estás también nerviosa, y que ansías tanto esta visita como yo, pero una punzada en mi corazón me recuerda que posiblemente el reencuentro no sea agradable.

Dora me espera en la entrada con la puerta abierta, vestida con su uniforme negro y su cofia y delantal blancos inmaculados. Me sonríe, pero cambia el semblante cuando yo la miro de reojo con el ceño fruncido. La veo tragar saliva y dirigir su mirada hacia el suelo mientras cierra la puerta a mi paso. Me tiene mucho respeto, y yo la quiero mucho. Es nuestra nueva criada y se encarga como puede de la casa. «Le espera en el salón...», me dice, pero no hace falta que me haga las presentaciones, yo ya sé quién me espera en el salón del hogar. «Gracias, Dora», le digo, y antes de cruzar la puerta recompongo mi vestido, estiro el cuello y la columna vertebral hasta que me hago daño y no puedo respirar. ¡Malditos corsés! Entro y mi vista va directa a las llamas del hogar, que mamá ha mandado encender porque es octubre y porque en casa todos tenemos mucho frío siempre. La airosa Elena de Miñares ya no es tan airosa, pero aún conserva su delicada belleza a pesar de que muchos males la tienen ya carcomida. Espera impaciente en su sillón de terciopelo verde, con su tabla de bordados en el regazo, que se le ha ido resbalando y ahora solo la mantiene en su sitio una de sus rodillas, porque la otra no tiene fuerzas debido al reúma. Sé que me está esperando con ansias, pero yo no puedo dejar de mirar el fuego de la chimenea y la evito a ella. Atravieso la estancia como en sueños, contemplando las llamas y temblando porque no quiero desvanecerme y echarlo todo a perder, pero entonces una figura se levanta junto a mi madre, alguien a quien no reconozco a primera vista. Y es en ese momento que yo desvío mi atención hacia ese extraño que me mira con sorpresa y, muy descaradamente, con cierta desilusión. «Buenas tardes, Elvira. ¿Cómo estás?», oigo que me dice, pero para entonces la brecha en mi corazón es demasiado grande, y solo alcanzo a decir: «Buenas tardes, Ernesto».

Ernesto Rosales ya no es tan alto, ha engordado y lleva una melena larga hasta los hombros. También se ha dejado crecer la barba y el bigote, y bajo esa apariencia tan distante del Ernesto que yo conozco, habita un ser sin corazón, alguien que me destrozó el alma la última vez que lo vi y que vuelve a hacerlo ahora sin remisión. Me observa descarado, en sus ojos hay extrañeza, quizá me imaginaba más hermosa y distinguida y en lugar de todo eso se ha encontrado con quien soy en realidad, un ser insignificante y sin gracia, como lo era de pequeña, pero multiplicado por el infinito. Estoy temblando, y creo que voy a desmayarme. Sin embargo, providencialmente, el silencio cortante es roto por mi madre, a quien se le acaba de caer la tabla de los bordados al suelo. «Oh, perdón, qué torpe estoy», dice, y Ernesto al fin desvía su mirada hacia el objeto del suelo, que recoge enseguida. «Tenga, Elena», le entrega, y yo puedo respirar un poco porque ese ser desconsiderado ha dejado de mirarme.

—Elvira, hija, fíjate quién ha venido a vernos... ¿Te quedas así, tan sosa y parada? —me dice mi madre, y a pique estoy de salir corriendo y mandarlo todo al carajo. Pero ahí estás tú, Cordelia, presente en el aire, para recordarme que tengo que seguir adelante—. Ay, cuántos años, Ernesto... Cómo hemos cambiado todos, ¿verdad? ¿Pero a qué has venido? —insiste mi madre.

Ernesto Rosales vuelve a mirarme. No estoy segura, puede que sea una ilusión, pero esta vez juraría que me sonríe. En la chimenea las llamas se avivan espontáneamente, y yo siento un calor extraño en las mejillas que me advierte que la sangre ha vuelto a fluir por mis venas. Lo agradezco. Lo agradezco mucho.

—Podrás disculpar a mi hija, Ernesto. Ha pasado mucho tiempo desde que te vimos por última vez... —dice mi madre—. Aquel fue un duelo durísimo para todos... Entiéndela. Además estás tan tan cambiado, Ernesto... Anda, cuéntanos qué has hecho durante todos estos años. Y sobre todo, cuéntanos a qué se debe esta visita...

Entonces le veo sonreír ampliamente, de repente vuelve a ser el Ernesto Rosales que yo recuerdo. Muevo un pie, luego otro pie, y poco a poco me voy acercando a ellos con el peso de no menos que cadenas de plomo. Me siento junto a ellos y asiento la cabeza a modo de saludo. No me sale nada más. Mamá está insolente, Cordelia, preguntando por su visita, pero tú y yo sabemos que las dos hemos sido las que, tras redactar una carta muy escueta, le hemos hecho venir.

—¿Qué tal, Elvirita? —me dice Ernesto, y a pique está de que me dé un vahído, pues hace muchos años que nadie me llama así. Ante mi semblante duro y serio se sienta de nuevo, carente de expresión. Se ha quedado confuso, por eso para salir del paso responde a la última pregunta que le ha hecho mi madre.

—No tengo mucho que contar, Elena. Poco ha cambiado mi vida desde la última vez que nos vimos. Tengo una consulta en Vigo y me va bastante bien, la verdad. He venido porque...

—¿No te has casado, Ernesto? ¿Qué hace un hombre como tú solo en la vida?

—Yo no sirvo para estar casado con nadie, Elena.

—No digas tonterías, Ernesto. Un hombre necesita una mujer a su lado...

Me remuevo nerviosa en el sofá y miro de forma recriminatoria a mi madre, que no puede ser más impertinente con ese comentario. Elena de Miñares no ha dejado nunca de ser la gobernanta de la familia, pero desde la muerte de Cordelia se le fueron decayendo las fuerzas. Ahora sigue siendo como era, pero lo hace con un poco más de represión. Se ha dado cuenta de mi incomodidad, aunque sonríe descaradamente, como solo ella saber hacerlo. Tiene arrugas en la frente y las mejillas un poco hundidas, pero la lozanía de sus carnes aún la conserva incluso en su rostro. Es tan bella, tanto, que a veces me hiere el mirarla.

—Mamá, no seas indiscreta, por favor...

Y de repente me sorprendo mirando a Ernesto, quien se ha sonrojado en demasía y ahora sonríe tímidamente hacia el suelo. A mí me tiemblan las piernas. Mamá sigue sonriendo y espera algo, una respuesta de Ernesto, pero alguien tiene que dar el primer paso para escapar de sus garras, y decido ser yo.

—¡Demos un paseo! —se me ocurre decir, y a mamá se le iluminan los ojos.

Qué distantes están mis intenciones de las suyas para esa escapada, pero no hay otra, tenemos que huir... y llegar a un acuerdo. A Ernesto sé yo que le tiembla un poco el pulso porque le veo nervioso, pero, dadas las circunstancias, lo mejor que podemos hacer es salir a los jardines... y hablar. ¿Verdad, Cordelia? Nos tiene que contar muchas cosas, y nos debe ayudar...

—Quédate a cenar con nosotras, Ernesto —tienta mamá, y los dos la vemos clamar piedad con la mirada a ese hombre de aspecto tan cambiado del que estábamos acostumbradas a ver.

—Se lo pensará mientras paseamos, mamá —digo yo.

Y acto seguido me sorprendo levantándome del sofá y dirigiéndome a la puerta, donde espero a que el doctor Rosales reaccione y siga mis pasos. Lo tengo todo más que estudiado, solo espero que ninguno de los dos estropee mis planes. Mamá no sabe nada de nuestros propósitos, y Ernesto no sabe a qué ha venido exactamente.

—Sí, claro...

Esas son las únicas palabras que le oímos decir a mamá antes de quedarse de nuevo con sus bordados, sus pensamientos y sus recuerdos. Sin querer se le escapa una sonrisita, pero acto seguido lo que cae por sus ojos son dos lágrimas. Para ella la presencia de Ernesto en la casa es un cúmulo de sentimientos aflorados de repente, no tiene ni idea de a qué ha venido. Cree que es una sorpresa y está entusiasmada con ello. Para mí la presencia de Ernesto es la respuesta a un gesto de obediencia hacia ti, Cordelia, y procuro llevar mi objetivo a buen puerto. No te quepa la menor duda.

En los jardines hace viento, está atardeciendo, pero todavía quedan resquicios de sol. Caminamos muy separados el uno del otro mientras él contempla triste la dejadez de los alrededores. Nos dirigimos cabizbajos a la tumba de Cordelia, lugar que él recuerda con nitidez. Si lo miro de reojo, siento un estremecimiento que me recorre la espalda, un no sé qué que me recuerda mi infancia, aquel tiempo en que estaba enamorada de un imposible. Qué triste es no tener aquel sentimiento floreciente en mi corazón, ya nulo por completo, porque hubiera sido tan feliz como jamás hubiera pensado. Pero ya no hay atisbo de amor en esta persona que camina junto al doctor de sus amores, solo habita en mí un sentimiento de desasosiego que me quema las entrañas, y un enorme deseo de acabar algo inacabado. Él camina lento y encorvado, yo arrastro los pies porque me pesa demasiado la culpa de haberle dejado escapar cuando tanto lo necesitamos. Pero yo era una niña, tú una muerta y él un cobarde.

—Todo ha cambiado demasiado en esta casa. Tú, tus padres, la gente... ¿Acaso ya no tenéis servidumbre? Tan solo he visto a esa chica vestida de negro abrirme la puerta y servirnos el té.

—Papá los despidió a todos menos a Goyo y a Guillermo. Demasiados gastos y pocos ingresos desde que abandonó el negocio de los vinos. Goyo es como de la familia, ya lo sabes, y se pasa las horas acompañando a papá contándose batallitas. Guillermo por su parte ahora es el chófer de mi hermano Víctor, y esa chica, Dora, es nuestra última criada. Es discreta y muy limpia.

—¿Y qué ha pasado con tu vida, Elvirita? ¿Tampoco tú te has casado?

Me siento en la tierra junto a la tumba de mi hermana. Me ha hecho tanta gracia esa pregunta que no puedo menos que sonreír, y Ernesto se ha dado cuenta. Se sienta junto a mí y carraspea nervioso.

—¿Te sorprendería si te dijera que sí me he casado?

—No, claro que no. ¿Por qué me iba a sorprender? Sería lo más normal del mundo. Eres una mujer muy hermosa...

La hermosura... Dichoso término que aún ahora me pone nerviosa y me acelera el pulso. Desde niña no he podido superar el fracaso de mi belleza, y por supuesto ante ese comentario yo me incomodo y me pongo muy seria. No lo puedo evitar, pero me sonrojo. Parece que me observa, porque lo veo por el rabillo del ojo, pero no me atrevo a mirarle. Estoy muerta de vergüenza y lo único que se me ocurre es decir:

—Pues no, no me he casado. Yo tampoco sirvo para estar casada con nadie.

Y juraría que ha respirado tranquilo. Dos solterones sincerándose, qué emoción.

Hace mucho aire. La arena se remueve y nos salpica en la cara, pero a ninguno de los dos se nos ocurre regresar a la gran casa. Parece que vaya a llover. Los árboles se mecen con el viento, y los últimos rayos de sol van despidiendo a la tarde. De repente, Ernesto suelta la pregunta:

—¿Por qué me escribiste? ¿Por qué me has traído aquí después de nueve años? —Y el tono de la pregunta me suena a recriminación, aunque no me importa.

—Cordelia ha vuelto y tú tienes muchas cosas que contarme —le digo.

Ernesto me mira sorprendido. Lo veo levantarse alterado, pero para entonces yo le he agarrado del pantalón y se ha caído de rodillas a mi lado.

—¿Has perdido el juicio? —me dice.

Yo, sin soltarle el pantalón, le justifico mi disquisición:

—Encontré el diario de Cordelia escondido en el desván, me lo mostró ella misma. Ahora sé muchas cosas, Ernesto, y quiero aclarar otras tantas. Mi hermana se me aparece por todos los rincones; al parecer, solo yo puedo verla, y Dama, que desde que sabe que ella está en la casa solo ronda las cocinas, muerta de miedo. Me muero de pena al pensar en lo que Cordelia sufrió, en lo que le pasó antes de su fatal desenlace, y en tu silencio, Ernesto. ¿Por qué desapareciste sin decirnos la verdad? Cuéntame qué hiciste tras la autopsia y lo que averiguaste cuando todo el mundo te vio salir de las cocheras. Cordelia me ha contado muchas cosas, pero tú debes ayudarnos a encajar las piezas. Ayúdanos ahora, mi hermana te necesita igual que a mí.

Ernesto consigue deshacerse de mi mano con la que agarro su pantalón y se vuelve a sentar junto a mí. Se mesa nervioso los cabellos mientras mira a la tumba de Cordelia. Sé yo que desearía huir de nuevo como hizo aquella vez tras el funeral, dejándonos desamparados a todos, cargados de preguntas sin respuesta, pero a estas alturas sabe bien que no le voy a dejar marchar y que, muy a su pesar, lo retendré hasta que yo quiera.

—¿Y qué puedo hacer yo? ¿Qué quieres de mí? Para mí no es grato recordar tanto dolor. Además, a los muertos hay que dejarlos en paz.

—Estoy de acuerdo contigo, pero si te he traído a esta casa después de tantos años es porque mi hermana no descansa en paz. Necesita que le ayudemos a encontrar algo, y solo tú puedes guiarnos hacia dónde. Ernesto, te imploro por su alma que me cuentes lo que tú viviste. Eso, por desgracia, no está escrito en su diario...

Ernesto está nervioso. Cierra los ojos mientras el viento le despeina los cabellos. Coge aire en sus pulmones y lo expulsa lentamente. Lo miro con detenimiento, ahora sí, y descubro que su preocupación le ha subido el atractivo. Su melena vuela al viento y, sin abrir los ojos, comienza a hablar.

—¿De qué sirve traer a la mente tanto suplicio, tanto dolor, si ya nunca más podré verla, tocarla, quererla? Solo yo vi sus entrañas antes de enterrarla. Fui cobarde, y por ella, solo por ella, opté por mi silencio. Si Cordelia me hubiera contado lo que le pasaba en lugar de callarse, a buen seguro hoy sería mi esposa y estaría viva a mi lado. Pero optó por callar y penar su desdicha, provocando ella misma su triste final. Y a mí me convirtió en el hombre más desgraciado del mundo. Fue

Martín, lo sé. Lo hubiera matado con mis propias manos, le hubiera arrancado los ojos y pisoteado los hígados, pero mi dolor era tan intenso cuando Cordelia murió que se paralizaron mis sentidos, me volví loco y solo opté por desaparecer, olvidar a Cordelia y a todos vosotros. Incluso muerta parecía pedirme perdón, concienciarme de que no hiciera ninguna locura, y le hice caso... Una mañana, poco después de pedirle en matrimonio, paseando por los jardines nos topamos con Martín. No pasaron desapercibidas para mí aquellas miradas, ni mucho menos el tembleque de Cordelia al cruzarnos con él. Me imaginé algo desde el primer momento, pero solo hasta que ella murió no até cabos...

Comienza a llover muy levemente, y me doy cuenta de que Ernesto está llorando. Yo también, y una ligera brisa invade mis sentidos llenando mi olfato de un dulce aroma a flores. Estás en el aire, Cordelia, presientes que vamos a ayudarte y aguardas con atención. Ernesto se acuerda mucho de ti y aún te sigue adorando. No lo dejaré escapar, hermana, esta vez no.

—Me cuesta la vida traer esos recuerdos a mi mente, Elvirita —añade—, porque, cuando recuerdo su cadáver reposando en la mesa de las cocheras, me muero por dentro. Secuestré a Vico conmigo durante horas, pero, aunque me ayudó, no quiso mirar lo que hacía con ella por respeto a mí y a la difunta. Tan hermosa estaba, con los ojos y boca ya cerrados, con la mata de pelo cayendo en cascada en la mesa, que hería mirarla. Así que Vico no fue una amenaza, pues estuvo llorando todo el tiempo y más pendiente de sus náuseas que de la pobre Cordelia. Había estado encinta, Elvirita, pero su hijo ya no estaba en sus entrañas. Y fue en ese momento en que pensé matar a Martín, porque no era otro el responsable de aquel percance, pero me desplomé en el suelo y estuve llorando un buen rato, hasta que se me pasó la impresión. Vico no pudo socorrerme, porque se mareó y cayó inconsciente en el suelo. Ese cerdo la embarazó y la pobrecilla quiso ocultar su estado ciñéndose apretados corsés. Imaginé que ella misma buscó un fin inminente, pues no me avisó de las circunstancias ni aun estando prometida conmigo. Asfixió a la criatura que crecía en su seno, aun no sé si por desconocimiento del peligro o porque ella así lo quiso. Se puso de parto el quinto mes de su embarazo, pero el bebé de sus entrañas ya estaba muerto hacía días. Se puso nerviosa y quiso acudir a Martín, con lo que aquella noche mordió un pañuelo para apagar sus gritos y se puso una sábana a modo de braga para no gotear sangre por ningún sitio, pero no lo consiguió. Salió por las cocinas, casi a rastras, y siguió el camino hacia el albergue. Pero antes de llegar parió a su hijo muerto, y cuando tuvo un ápice de fuerzas mordió el cordón umbilical que la ataba a él para llevárselo a algún sitio donde lo enterró. Cordelia quiso avanzar hacia el albergue, pero viendo que se moría dio vuelta atrás y acabó subiendo al escaloncito del pozo, donde murió en el acto al desnucarse.

—¿Cómo sabes todo eso? —le pregunto yo.

Y Ernesto Rosales me mira lloroso y me confirma lo evidente.

—Cuando pude recomponerme de la autopsia saqué a Vico de las cocheras y cerré las puertas a cal y canto, dejando su cuerpo a merced de la soledad más absoluta. Perdí la noción del tiempo, pero necesité conocer la verdad, aunque yo únicamente la supiera. Las gentes curiosas se abalanzaron sobre mí cuando salí de las cocheras, pero yo hui de ellos proclamando un accidente a quienes pensaron suicidio. Fui a la puerta de las cocinas, y desde allí observé el reguero de sangre que me llevó a los matorrales. Vi el rastro de sangre y el montículo de tierra donde Cordelia enterró el cuerpecito del niño, y luego seguí las huellas hasta el pozo, donde lamentablemente ocurrió la desgracia. Cayó al pozo accidentalmente, o realmente alguien la empujó...

Continúas presente en el aire. Estamos tú, yo, Ernesto y la lluvia, que cada vez es más intensa. Nos levantamos enérgicos de la tierra húmeda por eso de resguardarnos, pero de repente yo me siento mal, estoy mareada, no sé qué me pasa, y cuando parece que recobro mi vigor caigo al suelo desmayada. Ernesto se asusta y pide socorro, pero antes de que Goyo y Dora acudan a su llamada, yo he abierto los ojos en blanco, como los poseídos, y con una voz que no era la mía le he dicho: «Fue una pelea y yo caí al pozo. Ahora traedme a mi hijo, os lo ruego». Es tu voz, Cordelia.

Ahora estoy tumbada en mi cama, aturdida. Ernesto está junto a mí, sentado en una silla y leyendo un cuaderno rojo con muchísima atención: es tu diario, Cordelia. Se ha dado cuenta de mi despertar y lo deja apartado en la mesita de noche, sorprendido de mi estado. Debo estar horrible, porque me doy cuenta de que mi cabello se ha soltado del moño y cae en cascada sobre mi pecho. Me sabe mal la boca, debo haber estado varias horas inconsciente y no me atrevo a mirar a los ojos a Ernesto, quien me observa como los médicos, me toma el pulso y me abre los ojos con sus dedos, por ver si denota algún cambio más.

—¿Qué me ha pasado? —digo.

Ernesto se sienta junto a mi cabecera con la mayor de las dulzuras. Un escalofrío recorre mi cuerpo cuando noto sus dedos en mis cabellos enmarañados, que peina delicadamente, y es entonces cuando me entra el tembleque y traigo a mi cabeza los recuerdos de mis vomiteras. Vuelvo a tener once años.

—¿Estás bien, Elvirita? —me pregunta.

Yo le digo que sí, que qué hago allí tumbada si yo estaba sentada junto a la sepultura de mi hermana con él al lado.

—Has sufrido un *shock* y me has dado un susto de muerte.

—¿Ha sido ella, verdad? —le pregunto, y él me dice que

sí—. Sabía que se manifestaría contigo, y me alegro de que así haya sido. Comprendes ahora por qué te necesitamos, ¿verdad? Martín la empujó, forcejearon los dos hasta que ella cayó al pozo, sabía que mi hermana no se había suicidado. ¡Maldito Martín! Haz memoria pues y trata de recordar en qué punto concreto enterró Cordelia a su bebé muerto. Trata de acordarte, y con ello descansará en paz...

Ernesto se pone nervioso y empieza a dar paseos por toda la habitación. Se frota las manos angustiado y mesa sus cabellos.

—¡Maldita sea, no es tan fácil! —oigo que grita—. Y en el caso de que dé con el lugar exacto, en el que habrán crecido cientos de malas hierbas, ¿qué pretendes que haga después? Necesito el permiso de un juez para abrir la tumba de Cordelia, y no tengo fundamentos cuerdos con los que explicar mis intenciones...

—No los necesitas. Nadie más que tú y que yo sabemos qué le pasó en realidad a mi hermana. Cordelia nos ayudará a dar con la tumba del niño, lo sacaremos de allí y abriremos la suya para enterrarlo con ella. Solos tú y yo, sin jueces ni testigos.

—¡Es descabellado! —dice.

Pero de repente alguien pica a la puerta: toc, toc, toc; y Ernesto y yo nos quedamos muy quietos, callados, en nuestros puestos. Quien hace sonar la madera tan solo es Goyo, que ahora arrastra los pies y ha perdido casi todas sus facultades de águila avizor. Aparece tímidamente su cabeza al abrir. Ernesto está de pie junto al espejo, y yo sigo enclaustrada en mi cama, con mi cabello suelto y mi pulso acelerado por la situación vivida.

—¿Se encuentra ya mejor, Elvira? Sus padres preguntan demasiado.

—Sí, Goyo. Diles que estoy mucho mejor. Ah, diles también que Ernesto se quedará esta noche a cenar.

Goyo asiente con la cabeza y vuelve a cerrar la puerta, pero antes dirige su vista hacia Ernesto para intercambiar una mirada de aceptación. Cuando la puerta está cerrada sé que es momento de levantarme. Ernesto no me quiere ver de pie, pero sus funciones de médico han terminado conmigo. Me dirijo a la ventana, retiro la cortina y miro al exterior.

—Desde aquí los vi besarse junto a mi pozo —digo—. Yo también solía escribir en un diario, ¿sabes? Lo escribí con ánimo de no contárselo nunca a nadie. Ahora te lo estoy contando a ti, he roto mi promesa. —Y me río.

Ernesto se acerca a la ventana y mira también el exterior. Ya es de noche, y hay luna llena. El suelo está frío, yo descalza, pero no echo de menos mis zapatos. Mirando la escena desde allí dentro creo retroceder en el tiempo y volver a la época de mi sueño y del mechón. Han pasado muchos años desde entonces; sin embargo, en el fondo sigo siendo la misma niña de antaño, sin trenzas y sin la inocencia infantil que me caracterizaba, pero la misma niñita de salud delicada, feúcha y desquiciada que alborotaba la paciencia de aquel joven médico al que veneraba. Sigo reconstruyendo mis pensamientos mirando para el pozo, y entonces Ernesto y yo nos vemos reflejados en el cristal de la ventana. Él tiene la mirada clavada en la mía, justo se ve en el reflejo. A pesar de que mis sentimientos han cambiado mucho desde entonces, de repente noto unas cosquillas en mi estómago que me provocan una náusea. Debe ser causa de la posesión, pues ya no siento gran cosa por él. Afuera hace aire y las hojas golpean el cristal.

—Cordelia adoraba a Martín, pero él no la quiso nunca. El necio la enamoró y se aprovechó de su inocencia, pero tenía miedo de que lo despidieran si mis padres se enteraban de esa relación; era lo único que le importaba. Cordelia le contó un día que estaba embarazada, pero él la ignoró. No quiso saber nada, y fue ella quien solita cargó con el mayor peso de su vida. Me pregunto si alguien que ha provocado una muerte, aunque sea involuntaria, puede tener la conciencia tranquila y el perdón de Dios —digo, y suelto la cortina, suspirando. Ernesto me mira fijamente, está serio y tiene el ceño fruncido—. Cordelia me ha contado que forcejeó con él antes de su muerte. Quiso arrastrarla a una escapada conjunta, pero en esa lucha ella subió al pozo y perdió el equilibrio, cayendo a sus adentros. Martín es el verdadero responsable de su muerte, tienes razón, pero desapareció como la nada, igual que tú, con la culpa encaramada a sus hombros. No sé nada de él, solo que se esfumó como el humo de las ascuas cuando papá lo despidió, como a los otros. Ahora también lo sabes tú, y lo sabes de su viva voz. Solo nos queda encontrar a ese niño y enterrarlo con ella...

Ernesto se mesa los cabellos. Asiente con la cabeza y se cruza de brazos.

—¡Maldito bastardo! Le buscaría y le estrangularía con ávidas ganas de matarlo..., pero ya es tarde para castigar a quien tampoco tuvo culpa de su caída...

Le cojo las manos, calmando así su ira. Vuelve a llorar, y a mí se me rompe el alma tras esta declaración. Estamos los dos temblando. Ernesto me mira con semblante incómodo, no esperaba ese gesto, pero al poco me sonríe con cara de corderito, conocedor de mis buenas intenciones.

—Cálmate, Ernesto. Tú sabes cosas que yo no sé, y viceversa. Ya ha oscurecido. Deberíamos pensar en un plan para que nadie sospeche nada.

—Elvirita, ¿estás segura de que debemos llegar tan lejos? Esto es profanación...

—Ya lo sé, ¿te crees que no lo sé? Pero debemos hacerlo, Ernesto. Quiero dormir por las noches sin que mi hermana muerta me asuste y me quite la poca salud que me queda con sus apariciones. Y sobre todo, lo más importante, ella y su hijo han de estar juntos. ¿No lo entiendes?

Ernesto sacude nervioso la cabeza y se separa de la ventana, avanzando por la habitación hacia la puerta. Gira el pomo con ánimos de abrirla, pero lo suelta, retrocede unos pasos y me mira.

—Busca dos palas y un par de sábanas viejas. También algo que nos alumbre. Después de cenar me marcharé en mi auto, pero a las once tú me esperarás junto a la verja. Será nuestro secreto.

Le sonrío desde mi lugar junto a la ventana. «Gracias», digo, y Ernesto abre la puerta y se marcha. Yo doy media vuelta y retiro de nuevo la cortina. A través de la ventana observo el pozo, y sonrío. Mi plan empieza a funcionar, Cordelia. ¿No estás contenta?

CAPÍTULO 15

Nadie hubiera dicho que aquella noche un temporal azotante iba a bailotear por toda la finca De Miñares como con ánimos de arrasarlo todo. Lució luna llena y un aire frenético dejó rastro de hojas por doquier, pero allí dentro la calidez era tan grata que no era de imaginarse tanto revuelo allí fuera. Mientras cenaron todo fue cordial, todo perfecto, tan bien se estaba en el comedor donde cenaron los cuatro. Se dio el caso de que el tema de conversación lógicamente fue el desmayo de Elvirita, pero la muchacha ya estaba recuperada y cenó de maravilla; no pasó lo mismo con Ernesto, que apenas sí probó bocado. Elena, Serafín, Elvirita y Ernesto terminaron la velada a eso de las diez, y a pesar de que en la casa todos le pidieron que se quedara a pasar la noche con ellos, Ernesto desistió la idea y se marchó a eso de las diez pasadas. Y allí se quedaron los tres De Miñares: Serafín con su tos, Elena con sus inquietudes con respecto a Ernesto y Elvirita con sus ganas de retirarse.

—Válgame Dios este Ernesto. ¡Y no querer quedarse a dormir en esta noche de perros! —dijo Elena.

—Tendrá otros planes —dijo Serafín, y comenzó a toser.

—¿Qué planes va a tener un domingo a estas horas, y con este tiempo...? Además, Elvira está indispuesta, siempre es mejor tener un médico cerca —añadió Elena.

—Simplemente se ha querido ir a su casa, ¡dejadle en paz! Ya vendrá otro día —dijo entonces Elvirita, y muy nerviosa se despidió de sus padres—. Me retiro a dormir. Hoy ha sido un día lleno de emociones, así que buenas noches. Mamá, no te preocupes por mí. Ese desmayo tonto no ha sido nada.

—Bien que harás, hija mía, yéndote a dormir —dijo Serafín de Miñares, y volvió a toser.

—Buenas noches, hija —añadió Elena recibiendo el beso de buenas noches de Elvirita, y así pues cada uno se dirigió a sus respectivas habitaciones.

Desde fuera el incesante viento azotó los tejados y cristales de los ventanales, pero allí dentro muy pronto se hizo el silencio más profundo y sepulcral.

A eso de las once menos cuarto Elvirita se abrigó muy bien, cogió de su armario dos sábanas limpias y se dispuso a bajar la escalinata de mármol bajo la supervisión de Dama, que vigiló su marcha hasta verla desaparecer por la puerta de las cocinas. El aire dificultó un poco su viaje hacia las cocheras, pero ya allí dentro se hizo con una pala, un martillo, unas velas y unas cerillas. Así pues, con todo ello se dirigió al pozo y allí lo dejó. Luego salió corriendo en dirección a la verja de entrada a la finca y se quedó mirando al paseo de los olmos, de donde Ernesto apareció con su reloj de bolsillo en la mano.

—Vamos, Ernesto, todos duermen. Podemos empezar.

—¿Estás segura? Hemos de asegurarnos de que Goyo no ronda por la casa o por sus alrededores.

—¿Goyo? Le duelen demasiado los huesos para soportar la humedad de la noche. Además, nunca saldría con este temporal. Anda, entra. –Elvirita le abrió la verja con mucho cuidado y lo engulló enseguida hacia los dominios de sus tierras.

—¿Lo tienes todo? –preguntó Ernesto.

—Sí –dijo Elvirita, y después de cerrar de nuevo la verja, cogió de la mano a Ernesto y se lo llevó con prisas hasta los jardines del pozo, donde recogió todo lo dejado minutos antes.

—¿Te acuerdas del sitio exacto? –dijo Elvirita.

—No, pero, anda, coge esto –añadió Ernesto cediéndole el martillo y las sábanas limpias.

—Hay luna llena y hace mucho viento –dijo Elvirita mirando a los cielos–. ¿Podrás guiarte sin luz de vela hasta que lleguemos al lugar?

—Lo intentaré. Sígueme.

Ernesto entonces cogió la pala, que era lo que más pesaba, y fue caminando lentamente por los jardines en dirección al albergue, estudiando muy bien el suelo, lleno de hierbajos. Pareció entonces que el aire dejó de soplar con tanta furia, y la noche dio la bienvenida al canto de los búhos y a un siseo embaucador, proveniente del viento. Así pues, Ernesto iba delante, tanteando el terreno, y Elvirita iba detrás, con todos los sentidos puestos en no perderse o caer. Cuando llegaron a un punto concreto lleno de faramallas y malas hierbas, Ernesto clavó la pala en la tierra y dijo:

—Creo que era por aquí.

Se quitó la chaqueta, subió sus mangas y se dispuso a cavar con la intención de encontrar aquello que buscaban con tanto anhelo, pero después de un buen rato cavando se dio bien cuenta de que allí no había nada enterrado, salvo raíces.

—Enciende la vela –se oyó decir.

—¿Cómo sabes que es aquí? –dijo Elvirita mientras trataba de encender la vela sin que se apagara cada vez.

—Estudié con mucho detalle el recorrido de Cordelia. Hasta aquí llegaron sus huellas y su sangre. Alúmbrame bien.

Elvirita acercó la vela a Ernesto, que siguió cavando, pero al cabo de un rato desistió quitándose el sudor de la frente con la mano y dejando la pala quieta.

—No está aquí.

—¿Qué? ¿Y dónde está, si no?

Elvirita se puso muy nerviosa y empezó a dar pasitos de un lado a otro con la vela encendida en su mano y aleteando los brazos como una desequilibrada. La vela se apagó y tuvo que volverla a encender varias veces.

—¡Dijiste que sabías donde estaba! ¿Y ahora qué?

—¡Elvirita, han pasado nueve años! La tierra también cambia como nosotros... Lo intentaré de nuevo rodeando esta parte. Estoy bastante seguro de que fue aquí...

Pero entonces el espíritu de Cordelia apareció en un lugar concreto, y tan solo se mostró ante los ojos de Elvirita, señalando un montículo de tierra a la derecha de Ernesto. «Es aquí», dijo, y Elvirita rápidamente informó de sus instrucciones.

—Cordelia está señalando el lugar exacto, cava pues a tu derecha —dijo.

Con ese mensaje Ernesto sintió un fuerte escalofrío que le recorrió la espalda.

—¿A mi... derecha?

Agujereó la tierra con la pala desviando el agujero ya cavado, y mientras Elvirita observó la escena apoyada en un árbol. A lo lejos, el albergue. De pronto, junto al montón de tierra, Elvirita vio saltar algo blanquecino hacia donde ella estaba.

—¡Para, para! ¡He visto algo! —exclamó.

Ernesto detuvo su labor. Pareció entonces que él también vio algo, pues se agachó convencido a coger un trocito blanquinoso de algo duro que se confundía con la tierra.

—Es un hueso del bebé. Está aquí.

El espíritu de Cordelia desapareció de repente, y entonces Elvirita se echó la mano a la boca ahogando un grito, poniéndose a llorar. Ernesto siguió cavando, más cuidadosamente, hasta que por fin encontró el resto de huesecitos del bebé muerto. Elvirita se tapó los ojos cuando lo vio aparecer con el cráneo del niño.

—Dame una sábana —dijo Ernesto, y Elvirita le hizo caso.

Ernesto metió los restos del niño en la sábana y los tapó, a modo de paquete, colocó la sábana en el suelo y volvió a coger la pala para tapar el agujero creado.

—¿Por qué siento que me va a estallar el corazón? —dijo Elvirita con la mano en su pecho, pero Ernesto no tuvo aliento para contestar.

Cuando el montículo de tierra por fin cubrió el agujero, Ernesto cogió la pala, el martillo y la sábana y echó a andar.

—Anda, coge la otra sábana y alúmbrame el camino. Acabemos cuanto antes.

Elvirita echó a andar tras él, cogiendo la otra sábana y las velas. Caminaba cabizbaja, sus pasos eran lentos, pesados, y lloraba como una Magdalena.

—Pobre criatura. ¿Qué culpa tenía él de las cosas? Pobres inocentes, él y su madre...

—Alumbra bien. Por aquí hay muchas piedras y hoyos, me caeré si no veo por donde ando...

Entonces a Elvirita le dio una arcada y sintió un retortijón en su vientre. «Tengo ganas de vomitar», dijo, y Ernesto, que tenía verdaderas prisas por acabar su tarea, le respondió:

—Déjate el protagonismo para más tarde. No podemos perder el tiempo...

Pero Elvirita no estaba bien y, a pesar de las palabras de Ernesto, tuvo que parar para vomitar. Ernesto se dio la vuelta para mirarla y sacudió la cabeza. Comenzó a llover, y la luz de la vela se apagó.

—Fantástico, ahora llueve, lo único que nos faltaba...

Providencialmente llegaron al fin a la tumba de Cordelia, donde un poco más allá Ernesto dejó con mucho cuidado los restos del bebé. Ernesto se arrodilló en la tumba y retiró con la mano las flores medio secas y las hojas traídas por el viento. En la losa se leía perfectamente: «aquí descansa nuestro ángel: cordelia de miñares y ulloa. 19071923». Y, grabada debajo, una reproducción de un ángel de mirada lánguida y melena hermosa. Allí se desplomó Ernesto mientras sus ropas se empapaban y sus cabellos se le pegaban a la cara. Y junto a la tumba, como un ángel guardián, el fantasma de Cordelia lo observaba triste y melancólico.

—Mi amada Cordelia, perdóname por haber sido un cobarde, pero tu muerte creó en mí una brecha de dolor demasiado profunda. Perdóname también por perturbar tu descanso eterno. Aquí te traigo a tu hijo.

Ernesto se levantó, se retiró los cabellos de los ojos y se enjuagó las lágrimas con la manga de su camisa, empapada. Cogió la pala y golpeó con fuerza la lápida por los cuatro laterales. Repitió la acción hasta que la losa cedió. Entonces Elvirita llegó arrastrándose, sin apenas fuerzas. Buscó con la mirada los restos de su sobrino metidos en la sábana atada, se acercó a ellos y se agachó para cogerlos, los acunó en sus brazos, llorando sin consuelo como si de su misma madre se tratara, y en la tumba la losa cedió. Así pues, Ernesto saltó al hueco mortuorio, viéndose el ataúd de Cordelia, donde chapoteaban con fuerza las gotas de lluvia. Ernesto golpeó con el martillo en uno de los lados de la tapa del ataúd, mientras lloraba sin consuelo. La tapa cedió, y allí apareció Cordelia, sorprendentemente casi intacta, con las ojeras azuladas y los pómulos hundidos. Tenía las manos entrelazadas sobre su pecho, y las ropas amarillentas. Llevaba puesto su vestido de novia, blanco, con guirnaldas de cera en la parte delantera y adornos de flores, tal y como ella quiso, y una expresión de tristeza demasiado evidente; una expresión que Ernesto no recordaba haber visto antes de enterrarla. Así que fue tan grande el dolor de esa imagen sepulcral que se echó las manos a la boca ahogando un grito, y desde arriba Elvirita, que oyó los sollozos, exclamó:

—¡Vamos, Ernesto! ¿Lo has abierto ya? ¡Por Dios, vamos!

A lo que Ernesto gritó desde el hueco del ataúd:

—¡Sí, ya está! ¡Lánzame la sábana!

Elvirita se acercó a la tumba de su hermana y miró para Ernesto, viendo sin más remedio a Cordelia muerta dentro del ataúd abierto y, junto a su descanso mortuorio, vio cómo su espíritu observaba quieto sus andanzas nocturnas. Allí se arrodilló junto al hueco de la tumba y le lanzó a Ernesto la sábana con los restos, pero automáticamente se levantó y se alejó llorando desconsolada, echándose al suelo unos metros más allá. Demasiado duro es ver a quien se fue hace años metidito en una caja y con semblante compungido. Mientras tanto, Ernesto introdujo los restos del bebé en el ataúd con la mayor delicadeza del mundo, como si el bebé hubiera estado vivo. Hecho un mar de lágrimas, Ernesto notó la ruptura de su corazón como si le hubieran abierto una brecha con un cuchillo, y le pareció que el viento le traía el susurro de la voz de su amada, un susurro dándole las gracias. Cerró el ataúd.

—Aquí lo tienes, amor mío... —dijo, y salió trepando del hueco de la tumba, aunque la tierra se humedeció mucho y le costó subir. Se resbaló varias veces en el intento, pero con mucho esfuerzo logró al fin salir a la superficie. Después, derrotado y sin fuerzas, movió con mucho trabajo la losa de granito hasta volverla a encajar y, avanzando abatido unos pocos metros sobre la tierra mojada, se dejó caer al suelo, derrotado. Mas de repente, rompiendo sacrílegamente el momento vivido, la tierra tembló desde sus profundidades. Elvirita, tumbada a unos metros más allá, reaccionó levantándose enérgica y se arrastró asustada hasta llegar a Ernesto, quien sin aliento lloraba desconsolado presa de la tristeza más profunda que habitara en su corazón.

—¡Ernesto, Ernesto! ¡Vamos, levántate! ¡La tierra tiembla!

Pero Ernesto no tenía fuerzas para levantarse, y tampoco capacidad de reacción.

—No sé qué me pasa... Dios, no puedo avanzar... Me duele demasiado el alma...

—¡Muévete, maldita sea! ¡Yo sola no puedo contigo! ¡Esto es un terremoto!

—Está enfadada conmigo y por eso quiere destruirme...

—¿Qué estás diciendo? ¡Levántate de una maldita vez!

Entonces se oyó un estruendo. El albergue, a lo lejos, quedó sumergido en un hoyo inmenso, tragadito por la tierra. Se acababa de derrumbar, y fue toda una suerte que estuviera abandonado, porque Goyo y Dora dormían en la gran casa desde hacía unos años. La tierra se removió desde todos los confines de la finca, los setos sacaron sus raíces hacia fuera, y unos susurros fantasmales fueron traídos por el viento. «Elviritaaaaaaaaaa», se oía, y entonces, como en los tiempos del mechón, Elvirita abandonó a Ernesto como embrujada para dirigir sus pasos hacia el pozo. Ernesto, desde su lugar en el suelo, fue testigo de que allá por donde pasara Elvirita, la tierra se agrietaba y se abría en canal.

—¡Elvirita, no te muevas de aquí! —gritó Ernesto, y tambaleándose se levantó como pudo y caminó tras ella.

Pero Elvirita avanzaba decidida hacia el pozo. Iba en trance, embrujada por aquellos susurros fantasmales que habían revivido de nuevo la maldición de su sueño, y el viento deshizo su moño, revolviéndole la melena y su mechón blanco. A su paso, las grietas del suelo forjaron un camino, camino que

Ernesto siguió a sus espaldas muy a su pesar. Y la muchacha llegó así a unos pocos metros del pozo, donde se paró en seco y esperó. De repente, surgido de la nada, el espíritu de Cordelia se apareció junto al monumento de piedra y, sonriendo hacia su hermana, hermosa como una figura de cera, le dijo: «No avances más, pues este pozo caerá para siempre en el olvido. Gracias, hermana».

Un estruendo sonó de pronto, y allá donde el pozo se erguía la tierra se removió también para engullirlo hacia sus entrañas. Ernesto alargó el brazo y arrastró a Elvirita hacia él. Afortunadamente, no tuvo ni un rasguño. Allí quedó el hoyo desproporcionado del pozo, y una humareda que los cegó durante un buen rato. Elvirita se echó una mano a la cabeza y tosió, atontada, como si acabara de despertar de una pesadilla. Se puso en pie y, mirando a Ernesto, le dijo:

—¿Estás bien?

Ambos se abrazaron fuertemente, respirando sus alientos tan cerca que sus labios se rozaron firmemente hasta desencadenar en un beso certero.

A lo lejos Elena, ayudándose de su bastón, apareció con ropas de dormir y el rostro desencajado. Detrás Serafín se dejó ver caminando a trompicones, seguido por Goyo, que tenía semblante asustado y miraba hacia todos lados, perplejo. Dora llegó tras ellos corriendo con las dos manos puestas en la boca, ahogándose el susto y mirando hacia el hueco del pozo. Y junto al hueco, Ernesto Rosales y Elvirita de Miñares permanecían abrazados como dos verdaderos amantes, preguntándose si en realidad la tragedia del terremoto ya había acabado o la gran casa también iba a ser tragada como el albergue o el pozo. Dejaron de besarse, pero solo ellos supieron de ese apasionado beso, porque ni sus padres ni los criados se percataron del gesto.

—¡Elvira, hija mía! ¡Dios santo, Ernesto! ¿Qué hacéis aquí? ¡Podríais haber muerto! —gritó Elena de Miñares, fuera de sí.

—¡Maldito terremoto! Se ha cargado el albergue y ahora el pozo. ¿Estáis todos bien? ¿Qué cojones ha pasado aquí esta noche? —dijo Serafín.

Y bordeando el socavón donde una vez hubo un pozo, el matrimonio De Miñares llegó a donde estaban Ernesto y Elvirita, que seguían refugiados el uno en el otro y ahora no eran capaces de separarse.

—¿Qué ha pasado aquí? —exclamó Elena, y se puso a llorar con tal desconsuelo que no la calmaron del todo hasta un rato más tarde, cuando empezaron a venir los vecinos de otras fincas alertados por la sacudida. Le dio un tabardillo y a pique estuvo de morirse por el susto, pero tanto fue el cariño, tanta la fuerza conseguida por Elvirita, que apenas un abrazo la logró devolver a la verdad.

—Mamá, yo te lo explicaré todo, pero no ahora —le dijo Elvirita abrazándola con el mayor de los cariños—. Estamos vivos, que es lo importante, y la gran casa se mantiene providencialmente en pie. Ahora empieza una nueva etapa para los De Miñares, y os prometo que olvidaré este pozo por el resto de mis días. Me vendrá el color a la cara, cambiaré mis negros vestidos por colores dispares, y todo lo que fue gris resplandecerá como el sol.

—No nos podemos imaginar qué es lo que ha pasado —dijo Serafín—, pero esas palabras tuyas nos dan aliento para seguir luchando por verte feliz. Que Dios te bendiga. —Y Serafín se añadió al abrazo como con brasas.

A lo lejos la perra Dama vino corriendo desde las cocinas y, aunque un poco asustada, se aferró al trío de los De Miñares buscando el cariño y comprensión que ella también necesitaba.

—Hoy saldrá por fin el sol en el cielo —añadió Elvirita.

Pero sus padres ni siquiera la escucharon. Demasiado preocupados estaban por poner en orden su capacidad por entender sus últimas palabras.

Entre tanto Ernesto, quien cojeaba al andar, fue atendido por Goyo, que acudió en su ayuda y le prestó su hombro para que se apoyara en él. El pobre iba hecho un desastre, con la camisa sucia y el pelo revuelto y repleto de hojas secas, pero en su rostro tenía el semblante satisfecho de haber terminado con éxito una misión.

—¿Vamos hacia la casa? Está usted hecho un asco, doctor Rosales —le dijo el mayordomo.

—No, Goyo, amigo. Solo quiero ver el estado de la tumba de Cordelia.

—Yo le acompaño, doctor.

Y Ernesto y Goyo rodearon los jardines hasta llegar a la tumba de Cordelia, intacta. Ernesto sonrió mirando hacia la estatua de Cordelia y se enjuagó los ojos con la manga.

—Está perfecta, no le ha pasado nada —dijo Ernesto.

Y mientras se sumió en sus pensamientos mirando a la tumba, Goyo giró la cabeza y elevó la mirada hacia los ventanales de la gran casa. En una de las ventanas de la fachada magistral, el fantasma de Cordelia con su hijo en brazos observaba sonriente al otro lado del cristal. Goyo sonrió feliz, suspiró, dio media vuelta y agarró a Ernesto del brazo.

—Vamos, doctor. La tumba está bien. Es Elvirita la que ahora le necesita...

Ernesto dejó de mirar para la tumba de Cordelia y asintió con la cabeza. Miró para donde Goyo estaba, le sonrió y se apoyó en él.

—Tienes razón, Goyo. Anda, acompáñame.

Ernesto y Goyo volvieron a voltear la casa, y desde algún lugar cercano se oyó cantar a un búho. Había dejado de llover.

EPÍLOGO

Si miro al recuerdo de una infante Cordelia, traigo a mi memoria una niña altiva y distante conmigo, mas ahora que transcribo su vida desde la biblioteca de don Serafín, muy pegado a sus diarios y a mis evocaciones, su fantasma se me aparece por los rincones sonriendo feliz. Creo que le ha llegado el momento de despedirse, pues se muestra contenta por ver cómo la señorita Elvira y Ernesto Rosales han tomado las riendas de una estrecha y sentimental relación. Ambos los vemos acurrucarse como dos palomas por los jardines y decirse al oído aquello que jamás hubieran imaginado decirse. Cordelia ya no hace nada en la casa, ya está en paz con la muerte. Que su juicio sea justo, y que sea eternamente feliz en el cielo.

Serena está la niña sonriendo a raudales.
Acuna a su niño en sus brazos, porque es su madre.
Y a la sombra de los viñedos se muestra distante,
pues se nos va la niña junto al infante.

Vibra el sol en la mañana allá por donde baña,
y al compás de las flores el rocío empaña.
Con sus gotas delicadas amanece el día,
y se va la niña con su hijo a la otra vida.

FIN